あなたと私の十代

団塊ギャング

幾園 美千也
Michiya Ikuzono

文芸社

目　次

プロローグ……8

Ⅰ　最初の同窓会　一九九五年……11

十代にタイムスリップ　11／えん罪1　一九六一年秋　14／えん罪2　一九五四年　18／宿敵　21／文化的生活と体力的生活　21／席替え　23／吉川先生　23／しつこいいじめ　25／自分のせい　27／選挙　28／運命という言葉　31

Ⅱ　中学三年……37

決行　37／再編　42／スーパーカブ　44／時が止まる　46／許しの奇跡　47／卑怯者　50／乱闘　52／お勉強　54／予算　56／学校さまざま（夏休み）　60／昔の小学校の文化祭　60／評議会　62／学芸クラブ発表会　62／卒業　63／高校入学　64

Ⅲ 村の生活……65

桃源郷 65／子どもの世界 66／始まり 67／保育園 71／幼稚園 72／お金 73／大人のだだっ子 75／放火事件 80／共同体 81／村の学校 82／昔の学校 83／嘘つき 84／子ども会バス旅行 86／子守り 87／町村合併 89／いじめの始まり 90／いじめに対する処罰感情 93／町の学校 94／カンニング 94／お金の話 95／本屋さん 97／文化摩擦 98／結婚する人々 99／トラブル 100／嫁のつらさ 103／学校嫌い 104／義務教育で気になったこと 108／戦争と平和 109

Ⅳ 高校……110

がっかりの連続 110／変身 113／宗教 114／そしてまた生徒会選挙 114／青春を謳歌する人たち 115／マルキシズム 116／アンファンテリブル（恐るべきこどもたち） 119／そしてまた宗教 121／オリンピックのころ 122／世界史授業 122／金縛り体験 124／オートバイに賭ける青春 129／生徒会長に立候補する人 129／学校制度の変革期 131／最終学年 132／立会演説会 138／新聞部 139／生徒会長は便利屋か 142／定時制高校生の本音 143／文化祭実行委員会 143／退学問題 145／夏休み 146／居場所を失う人 147／健康的でも文

化的でもない生活　149／お嬢さん　150／音が消える　151／教師は労働者か　153／ストレス性歯痛　153／死にそうな顔　156／自ら決められない人生　156

Ⅴ　十八歳以後を生きる……158

若者が消えた農村　158／精神の危機　163／上京　164／点を決める　165／旧友　165／諦めと覚悟と　166／大学　167

Ⅵ　高度経済成長からバブル崩壊まで……168

学生運動　168／社会人　169／介護　171／男性が街に戻る　171／便利な生活の結果　172／同窓会その後　173

Ⅶ　二十一世紀になってやっとわかったこと……175

亜熱帯化する日本　175／プラズマ兵器　175／二〇一五年夏　ロシア旅行　176／アメリカ　178／ＧＤＰの計算　180／二〇〇七年九月、ベニスのサン・マルコ広場　181／スペイン　二

○一○年　181／国語の誕生　182／フランス　二○一一年　182／スウェーデン　二○○六年六月　183／二○一六年同窓会　184／故郷の今　184

エピローグ……186

長い時間を生きて私も少しはわかってきた　186／選挙　参議院議員選出方法について考える　188／ＧＤＰ　189／学校教育　191

あなたと私の十代

団塊ギャング

プロローグ

十六歳には十六歳の人生があると叫ぶフランスの十六歳の少年がいた。ジャンヌ・ダルクも天草四郎も十六歳。サッカーのトルシエ監督は「人間は十六歳になると変わらないと思います」と語った。十六歳は、新しい世代が政治的第一声を発する年齢かもしれない。今の十代は何を想っているのだろう。十代はインスピレーションに溢《あふ》れている。

二〇一九年九月二十三日、ニューヨークの国連本部で開かれた「気候行動サミット」でスウェーデンの十六歳の環境活動家グレタ・トゥンベリさんが講演した。

「あなた方は経済成長経済成長と言っているが、私たち若者世代を裏切るような選択をするならば、絶対に許さない。ここが決断の場だ」と涙ながらに各国首脳らに迫った。

アメリカの高校生たちも「これ以上私たちを銃《じゅう》の犠牲《ぎせい》にしないで」と声を上げている。

日本は若者の息苦しさをとり除くことができなければだめだ　　アルヴィン・トフラー

未来学者アルヴィン・トフラーが日本経済新聞のコラム「私の履歴書」の中で書いたこの一文

を発見した時に、中年だった私は歓びに包まれた。私が十代から待ち望んでいた一声だった。やっとこう言う人が現れたので嬉しかった。しかしなぜ日本人でなくてアメリカ人なのかという不満は残った。けれどもこれからは、このような発言をする日本人が増え続けるだろう、きっと日本社会は変わると思ったが、そうはならなかった。

トフラーは日本の若い世代を「上の世代と違って軍事に対して積極的」と高く評価していた。これを意外に感じたのは、私が、軍事イコール戦争だから悪いと決めつける上の世代に属していたからか。少なくともこの問題が名誉や独立と関係していることはわかった。

団塊《だんかい》の世代とは一九四七年から四九年に誕生した人たちだそうだ。原爆投下に始まる現代に生まれた。団塊の世代が誕生した時期は、GHQが日本に居座った期間に入る。「団塊」とは鉱業の専門用語で、堆積岩《たいせきがん》中に周囲と成分の異なる丸みをもった塊《かたまり》となっている状態を指す。「団塊の世代」の名付け親の堺屋太一氏は、団塊は前後の世代と異なる経験と性格をもつと書いている。団塊の世代は、日本中の都市へのB29の爆撃と、広島・長崎に原爆が落ちた後の食べるだけの原始的生活から現代までを生きた。育つ時期は三世代同居が普通で、家業を営《いとな》む家が多かった。子どもの周りは多くの世代が取り巻いていたから、子どもたちはさまざまな人と気軽に話した。長く生きた老人は生活の知恵があり、若者は新しい世界を家庭にもたらした。子どもは家業を手伝いながら多くの大人たちの話し声、つまり耳学問から世間を学んで育った。ラジオで「標準語を話しましょう」と始終呼びかけたが、日常生活は方言に溢れていた。今は英語英語だけれども。

一九四七年から新学校制度に変わった。団塊一回生から高校進学率が五割を超え始めて、その後は毎年一割ずつ上昇していった。ＰＴＡが「十五の春を泣かせるな」をスローガンとした時に、親が一生懸命苦労して子どもを進学させたのに、その子たちが大量のアカデミック・プロレタリアートとして単純労働をする社会になるとは思っていなかった。団塊の公立高校入学試験は筆記試験のみだったから人柄は問われなかった。大学入試は内申書付きの第一号となったが、まだ内申書軽視の一発勝負だった。今、大学進学率が五割を超えている。

団塊が高校のころにはほとんどの家にテレビが入って情報の洪水《こうずい》が押し寄せた。今はＳＮＳなどから情報洪水が起きている。公文書や私文書の保存期間はおおよそ三十年で、その期間を過ぎれば公表される運命にあるという。

団塊の若いころもとうとう歴史になった。あのころを振り返りつつ現代の若い世代にエールを送ろう。

I　最初の同窓会　一九九五年

十代にタイムスリップ

再来年《さらいねん》は五十歳になるという年に中学校の初の同窓会が開かれた。クラスごとの幹事がいて出席者が多く大盛況だった。誰もが語り、笑う猛烈な騒々《そうぞう》しさ。バブルは弾《はじ》けたが日本経済はまだ温《ぬく》もりが残っていた。人口三万人程度の故郷の町は、ここ半世紀足らずで最もたくさんの店が出て活気に溢れていた。参加者は皆おしゃれで自信があるように見えた。やっと日本も平等になったとしみじみ思った。

町の中心部のお菓子屋の丸木君が、俺が子どもの時は町内に同級生が三十人もいたのに今は俺一人しかいないと言う。中心部が寂《さび》れかけているようだ。それにしても一クラス五十余名で七クラスもの同窓会をよく開いたものだと思う。

翌年、同窓会総幹事の福原君が仕事で私の住む町に来ることがあった。福原君は中学三年生では私と同じクラスで生徒会でも一緒だった。彼の用事の後に駅で会って同窓会開催に至るまでの苦労話を聞く機会に恵まれた。「同窓会をしたのは透《とおる》だよ」と言った。

透は私と同じ村の出身で小学一、二年で同クラスだった。二年までに自分の名前と一から十までが書けるようになったので、皆に「すごい、すごい」と褒められて赤くなってはにかんでいた。彼が小さいころに高熱の病気に罹《かか》ったことを知っていたから皆優しかった。一度だけ木田二郎がその病名を言ってばかにしたら「うおーっ」と真っ赤になって二郎にかかっていったことがある。私が高校を卒業したてで数か月実家にいたころに月に一度くらいでやってきて数時間長話をして帰った。二度目からはいつも違う友達を連れてきたものだ。透は一目で相手に危害を与えることがないとわかるから誰も警戒しない。

透が「同窓会をしようよ」「同窓会をしようよ」と追い回したので福原君は逃げ回っていた。職場にまで現れるようになったので観念したという。

教訓　しつこい人が世界を切り開く。頭の良《よ》し悪《あ》しではない。

同窓会で透が一番はしゃいでいた。透《す》けすけのカーディガンから背中いっぱいの入《い》れ墨《ずみ》がよく見えた。藍色一色で横向きに延々と続くmの字。上から下まで何列も。こんな珍しい入れ墨は初めて見た。透が同級生と互いに描き合ったと言った。「かっこいいね」と褒《ほ》めると少年のように真っ赤になる。「みっちゃんと絵里ちゃんはべっぴんだ」と言う。みっちゃんとは私、幾園美千也のことである。透が「べっぴんだ」というのは自分に優しい人という意味だ。最後の担任の雨森先生は威張《いば》っていたので嫌っていることがわかる。背後からビール瓶《びん》を振り上げる真似《まね》をして周りに止められたが猛烈に騒がしくて先生は気がつかなかった。記念の集合写真では最前列の真ん中に透と雨森先生が仲良く並んで写っていた。

「同窓会では皆昔と変わっていなかったね」と福原が言って、私も「そうだね」と言った。「俺が一番苦労をしているのに、村木が来ると女がみんなどどっと村木のほうに行っちゃうんだよっ」と赤くなって怒る。必死に笑いをこらえながら恩知らずな女たちを非難する。彼は高校三年生の三月に父親に呼ばれた話をした。父が重々しく切り出した言葉は「大学に行っていい」だった。「高校三年の三月だよっ」と今でも憤激《ふんげき》やるかたなしのようだ。

当時は大学に行ける実力があっても大学に行かないのは普通だった。高校に行かない秀才もいた。今はその人たちの子女が、当時は勉強をばかにしていた人の子でも大学に進学していた。「子孫に美田を残すな」と叫《さけ》ばれた世相だったが、親は子どもに生きていく知恵をつけたかった。戦争ですべてを失った団塊の親は「物やお金は盗《と》られるけれど、身に着いた知恵はとられない」と言って進学させようとした。子どもは手伝いよりも勉強が大切という生活への転換が始まっていた。けれども、私たちが中学最終学年で楽しい世界を実現できたのは、勉強以外にたくさんの時間を割《さ》けた人間が多くいたからだった。とりわけ私のクラスは高校受験そっちのけで盛り上がっていたから透は羨《うらや》ましかったのかもしれない。透が自分のクラスでなかった福原に狙いを定めたのもそのせいだろう。

楽しい雰囲気を作るために中学最後の一年間を私がどんなに苦労したことか。私がそういう一年を過ごすことになった原因は中学二年の二学期にあった。

えん罪1　一九六一年秋

あのころは、明日何が起こるかわからない日々だった。明日をどうして生きるか考えるだけで心身ともにくたくたの毎日だった。それなのに他人は私のことをのんびりしているおとなしい優等生などと言う。クラスを引っ張っていけという虫のいい担任たちもいた。今以上の良心を出せと言う。中学二年はとりわけひどいクラスだった。帰宅してもいらいらがおさまらなかった。宿題などする気にならなかった。

そんなある日、四年生で読んだ『ジャンニーノのいたずら日記』を真似して敵の悪口雑言を気が済むまで書きなぐった。すっきりしたので毎日の日課になった。二時間以上三時間半くらいかかった日もあった。最後に丸めてゴミ箱に捨てた。その後は不思議と、宿題も半時間もあれば簡単に済んだ。この体験から冷静にならないと勉強はできないとわかった。こんなひどい世界から脱出するには勉強してましな高校に入らなければいけないと決めていた。フランスの少年ジャンニーノはいたずらが過ぎて少年院に入れられて早世《そうせい》してしまったそうだ。私がこんなことを書いていることは誰も知らない。

中学三年生になったら進学勉強にまい進する決心だった私を正反対の生活に追い込む契機になった事件が中学二年生の二学期に起こった。

その日の朝は曇《くも》っていた。嫌いな学校だからいつものように始業間際に登校した。彼らが手ぐすねを引いて待っていたとは知らずに。

突然の大きな怒号。

「いつもあーんな仏顔《ほとけがお》をしているくせにっ。ひでえことをするもんだよなあ」

大声のするほうを向くと、すぐ後ろの席の二人が腰板（教室と廊下《ろうか》を隔《へだ》てる板）に跨《また》っているのが目に入った。声を出しているのが田中幸三、黙って恨《うら》めしそうに非難のまなざしをこちらに送っているのが佐藤裕。教室の男子全員も同じ雰囲気。狐《きつね》につままれた気分で席につく。間もなく担任の吉川先生が入ってきて、今日の授業は自習と告げた。教室内はわっと喜びの歓声に包まれる。そして「幾園さんは宿直室に来てください」と言った。こんなことは初めてだった。宿直室で待っていた先生が重苦しい表情で話した。

「クラスの男子たちがあまりにまとまりがないので何とかしなければいけない。まず一度じっくりと話し合いをさせようと思って昨日の放課後に男子だけを教室に集めました」

私も含めて女子は誰もそのことには気づかなかったと思う。先生のこの試《こころ》みは失敗だったという。最初に木田二郎が手を挙げて話したことで、教室内が騒然となって手がつけられなくなってしまったからだった。二郎は、「幾園さんが近所の一年先輩の男子たちを集めて僕をリンチしろと言ったので、僕は大変な目に遭《あ》いました」と言ったのだそうだ。

「それは本当ですか」

「違います」

「そうだろうと思っていました」と先生が気の毒そうな顔で言った。

「どうしたらわかってもらえますか」

「今は皆いきりたっているから無駄でしょう」

急にばかばかしくなった。ずっと我慢をしてきた自分が哀《あわ》れになった。ポロリと涙が落ちた。不覚だった。一度涙を落とせば耐えられなくなると思って頑張《がんば》ってきたのに。

「悔しいんだね」と先生が言ったので飛び上がるほどびっくりした。悔しいという感情はエネルギーに満ちている。私にはあまりに遠すぎる正反対の世界。しかし、この感情を先生にわかってもらえるように説明するエネルギーなどかけらも残っていない。すっかり面倒臭くなった。だからこくんと頷《うなず》いた。無実なのに最初の取り調べで罪を認めるえん罪事件はこうして起こる。先生が、わかっているよとでも言うように重く頷いてふうっと息をした。

そのまま教室に戻る気になれなかったので渡り廊下の水道で顔を洗った。渡り廊下の奥の校舎の出入り口が騒がしい。その方向に目をやると男子三人が慌てて校舎の中に姿を消した。最後に中に入った者だけが誰か識別できた。クラスの野球部で一番威張っている小川喜太郎だった。彼らは今ごろ大いに溜飲《りゅういん》を下げて盛り上がっていることだろう。「あいつは吉川先生にうんと絞《しぼ》られて泣いていたぞ」。

家に帰ってすぐに、西隣の家の中学三年生の幾園雄三を呼んだ。今日の出来事を話して、一体どうなっているのかと聞いた。木田二郎の家は我が家の東側の二軒目だった。二郎は幼稚園には行かなかったし家が隣り合っていなかったので入学前は遊び仲間ではなかった。二郎の家の裏の道を通る時に二郎が石を投げたので、そのころは通らないようにしていた。

以下は雄三の話。村の三年男子全員が木田二郎の日ごろの生意気な態度が気に入らなかった。皆で一度やっつけようということになった。大人に知られるとまずい。ニックネームが「重箱頭」の男子の家が留守になる日があった。その日、皆で重箱頭の家の庭に二郎を連れてきた。全員が二郎を殴る蹴るしたら二郎はヒイヒイ泣いたという。本当に驚く話だった。私はそのせいでとばっちりを受けたと言った。雄三が「みんなに言っておくよ」と言った口調が軽すぎたので、二度とそんなことをするなと皆に言っておけと念を押した。

数日後に雄三がふらっと来て「またやっといたからねえ」と言って帰っていった。年下女の子分というあり得ない話にされたのだから全員が怒る気持ちはわかる。二郎がどう出るか緊張したが、何も起こらずに日々が過ぎた。リンチが本当にあったのか、あったなら一度か二度かはわからずじまいだったが、この話が誰かの口にのぼることはなかった。

えん罪2　一九五四年

木田二郎に関しては同様の忘れられない事件があった。それは小学一年生の初夏の体育の授業で起こった。クラスの生徒が八人ずつの二つのチームに分かれてかけっこをした。二郎と私は同じチームで勝っていたが、アンカーの星夏美ちゃんが遅くて負けてしまった。教室に入る前に並んで足を洗っている時に前方に並んだ二郎が大声で「なっちゃんはオタンチンなあ」と言ったのを皆が真似をした。私も一呼吸遅れて真似をした。なっちゃんはおとなしいので黙って耐えていた。すると二郎が突然「美千也さんが先生はオタンチンと言ったあ」と大声で言った。私はすぐに「言ってなあい」と否定したが、先に足を洗い終えた二郎は後ろの私たち三人を残して先に教室に入ってしまった。二郎の真似などしなければよかったと後悔した。

教室に入ると大騒ぎになっていた。二郎が担任の多田先生に「美千也さんが先生はオタンチンと言いました」と言いつけたからだった。二郎のように先生に告げ口など絶対にしないと心に誓った。その後でこの誓いを破ったことはない。

教室の皆があまりに興奮していて私が何を言っても無駄だった。だから黙っているしかなかった。先生も黙ったままでそのまま授業になった。その後は誰もその事件について口にすることはなかった。けれど事件は落着していなかった。

かけっこ事件からしばらく経《た》ったころに家で頭を掻きむしる私の頭を母が調べた。虱《しらみ》がいた。

母はすぐに多田先生に手紙を書いた。先生が女性だったのでよかったと思っただろう。翌朝私が手紙を先生に届けた。

その日の放課後、女の子だけが教室に残された。男の子は皆坊主頭《ぼうず》だった。先生は私以外の八人の頭の左側の髪の毛を下から上に片手で持ち上げて「いる」とか「いない」とか言った。「いる」と言われた二人のうちの一人は最近私と毎日遊んでいる沢村春子だった。互いに草花を交換し合っていつも一緒にその草花を植えた。その時必ず頭をしっかり突き合わせていた。春子は私と遊ぶ前には鈴木美代と毎日遊んでいた。鈴木美代が「いる」と言われたもう一人だった。その後は母が水銀軟膏《なんこう》という薬を買ってきて私の頭の地肌《じはだ》全体に軟膏を塗《ぬ》りたくった。たった一回ですっかり退治できた。

それからしばらく経ったある日。手足を洗うのは教室には渡り廊下で続いているポンプで水を出す洗い場だった。皆が並んで次々と手を洗って教室に入っていった。最後に合い向かいで先生と私が残った。他には誰もいない。先生が私に向かって「虱がいるんが。虱がいるんが」と繰り返した。思いがけないことだったのでぽかんと口を開けたまま先生を見つめた。先生の細長くて白い顔が一段と白くのっぺりして見えた。怖いおとぎ話に出てくるジョーカーみたいな顔になって、向かいの私にどんどん近づいてくる。顔はますます大きくなって私に迫る感じだったので怖かった。けれど先生は突然くるりと向きを変えて教室に向かった。私も続いて教室に入った。私も先生も黙っていたから他の者は誰も知らない。私が先生に言いつけることをしないのは、二郎と先生の両方から受けたこの経験があるからだ。
困ったことに、母は先生というものに全幅《ぜんぷく》の信頼をおいていた。字が上手で几帳面《きちょうめん》な所がいいと盛んに褒めるのだった。一つの教室を一年生と二十二人の二年生が衝立《ついたて》を立てて使っていた。二年生の担任の女の先生は冗談がうまくていつも生徒を笑わせていたから羨ましかった。
二郎は学校の外の子ども会では意地悪ではなかった。小学一年生最後の授業のお別れ会の二郎は一番皆を笑わせた。全員が好きな歌を歌った。私は自分の歌った歌を忘れてしまったのに二郎が歌った歌はしっかりと覚えている。
おやまのなーかのくすりやさん　はなくそまるめてはなじんたん
おんまのしょんべんみずぐすり　それっ　はなくそまるめて　まんーきーんーたーん
それをのむやつぁあんぽんたん
全員がおなかを抱《かか》えて笑い転げているのに二郎はぶすっとした顔のまま両腕を左右に振り回して歌い終えた。このおもしろい出来事があっても二郎と同じクラスになるのは嫌だった。三年生から同じクラスにならなくてほっとしていたが、中学二年で捕まってしまった。どんなに落胆したかしれない。

宿敵

最初から二郎の前の席になってしまった。授業中、二郎が毎日嫌みを言ってきた。先生も誰も呆《あき》れて注意しない。保健の授業で女性の体を学んだ後は恐ろしかった。私の隣の小柄の女子と見比べながら「体の大きい奴はたくさん血が出て小さい奴は少ないんだろう」などと言う。席替えまではじっと我慢するしかない。

当時は担任と生徒間に交換ノートがあったので、二郎に困っていると書いて提出した。返事は驚くべきものだった。「彼の育った環境が悪かったのです。思いやってください」だ。環境がいい私はいつでも我慢しなければならないということか。我慢の限界すれすれだから相談したのに。もう弾けて吹っ飛びそうだ。

文化的生活と体力的生活

小さいころから母方の祖母八重に「恵まれているんだから感謝するんだよ」とよく言われたから感謝してきた。この春にはピアノを買ってもらった。ピアノが欲しいので毎日オルガンを三時間も弾いてデモンストレーションをした。あんなに欲しがっているのにと親に思わせるのに成功した。母泉が、八重の姉の伯母《おば》に「洗濯機とピアノのどちらにするか迷っている」と相談したら

「私なら子どもを優先する」と言われたことが決め手になった。お陰で私は苦しい時にピアノに向かえば悩みから解放された。

結局母は洗濯機も買った。この生活以上の贅沢《ぜいたく》はいらないと私自身が思った。このころ母はこのままの生活でもいいかなと思ったという。それまではいつかここを逃げ出してやると思い込んでいたそうだ。

夏休みにテレビが入った。見続けていたら鼻血が出たので自重することにした。困るのは、雄三の家族が昼寝の時間に毎日来て見るので、我が家は昼寝ができなくなったことだ。夏の一番暑い時間を避けてきつい農作業をするために暑い時間の昼寝が絶対に必要だった。恵まれている者はこういう我慢も強《し》いられるのだ。恵まれているという理由で私は学校で起こるいじめやえん罪をいつも我慢しなければならないらしい。我慢は体力だ。体力には限界がある。

二年生の夏休みに私は「いどうはん」と呼ぶ出稼ぎに負けない働きをした。同じ年ごろの中では私が一番農作業をしていた。母と同じ時刻に起きて夜まで働いた。蚕《かいこ》の桑摘《くわつ》みでは両方の親指に金属の爪《つめ》が食い込んで血だらけになった。両親から一日につき三百円の日当をもらった。当時のいどうはんは食事・宿泊付で男は三百五十円、女は三百三十円だった。祖母うしが「うんと稼いで、嫁に行く時は箪笥《たんす》をたんと持って行けな」と言った。

その夏に祖母八重が我が家に来た。しばらくして私と母が農作業から帰ってきた。八重は母の妹の頼子に「泉がどこの作女を連れて来たかと思ったら美千也だったから涙が出た」と言った。

席替え

次の席替えは、私が学校の用事でクラスにいない日に実行された。先生は口を出さないで生徒に任せたという。私と二郎は前後の位置が交代しただけだったのでびっくりした。決めた者たちは「二郎を抑えられるのは美千也さんだけ」と一致したからこうなったという。私はかんかんに怒っていた。次の席替えまで待たなくてはならない。

その後、クラスの中ではいらいらしない人たちばかりと付き合った。この人たちはどういうわけかあまり勉強しないから成績も悪かった。この人たちの性格の長所は私に無害なことだ。安心して自分を抑えずに振る舞えた。

その中の一人から同窓会で言われたことに驚いてしまった。「美千也さんはどうしてこんなに親切なんだろうと思った。それで私は透君に親切にしたの」と。私は親切にしたと思ったことはなかった。勉強しない人の中には好ましい性格の人が時々いる。

吉川先生

担任の吉川先生は隣の県から転勤してきた。クラスに荒い性格の生徒が多いから教育方法を工夫したのかもしれない。始めからお掃除には病的に熱心だった。庭掃除は普通のクラスなら絶対に合格基準でも何度もやり直し。ある放課後には、全員が校庭に木製の机を出して洗ったら黒が黄土色に変化した。廊下は隣接する両方のクラスの分まで三十センチ余計に拭《ふ》かされた。両隣のクラスは担任までもがニヤニヤするばかりで我がクラスの分まで拭くことはなかった。当然我がクラス全員が不満だらけで反発していた。

夏休みの自由課題で私は一計を案じた。休みの始めから食べたお菓子の箱や包み紙をとっておいて、最後に模造紙にべたべた貼り付けてから「わたしたちのまわりのお菓子」という適当なタイトルを付けて初日に提出した。出したのは私一人だった。翌日は全員が提出した。私のやり方を参考にした提出物はまさしくゴミの山だった。吉川先生は黙って受け取った。

その直後に持ち上がった問題は生徒を大いに怒らせた。当時の生徒は私服だったが、学校側は二学期から生徒に名札を付けることにしたという。ホームルームは蜂《はち》の巣をつついたような騒ぎになった。面倒臭い、カッコ悪い、誰かわかってしまうから悪いこともできない、等。最後に「吉川先生が付けるなら生徒も付けてもよい」という合意ができた。先生は翌日から特大の名札をワイシャツに付けて電車通勤した。「周りのひとがじろじろ見ているよ」と言った。結局生徒も付けることになった。約束だから。

職業適性テストがこの年にあった。時間いっぱいかけて慎重に回答して出した。私だけやり直しになった。結果が出ないという。今度はものすごく速く回答した。やっぱり結果が出なかったので「だめだあ」と吉川先生は諦めてしまった。でも私は自分の適性は他人に判定してもらう必要がないくらいよくわかっていた。「人はなぜそう思うようになるか」だけにしか関心がなかった。強いて言えば思想の問題だったが、職業適性テストにはそれに関連した職業がなかっただけのことだった。

しつこいいじめ

学校ではクラスの外でも厳しい日々が続いていた。中学校の入学式は覚えていない。入学式の翌朝に校門をくぐったとたんに新生活の洗礼を受けた。校門を入ると右手に美術室がある。美術室と本校舎は渡り廊下でつながっていた。通路に面した廊下の前に二年の男子がずらりと並んで気勢をあげてはやし立てている。しきりに私の名を連呼するので標的は私だ。急いで通り過ぎて自分の教室に入った。誰も注意しないから私はひとりぼっちだ。

またか、私が小学三年の時から彼らはしつこく追いかけてくる。雄三のクラスの男子たちだ。町村合併のせいで小学三年生から隣町の学校に通った。通学し始めて一週間目が新しい学校の地獄の始まりだった。

いじめる者は複数だから自分の罪は人数分の一と思う。いじめられる者は人数倍の敵に立ち向かわなければならない。勇気があるなら一人で来い、と思う。私一人ではかなわないだろうと安心している。四年生の時に母に「柔道を習いたい」と言ったら「柔道?」と嫌な顔をして顔を赤らめた。これ以上困らせてはいけないから諦めた。習いたい理由は話さなかった。私がそんなひどいいじめを受けていると知れば母がどんなに心配するだろう。毎日が忙しくて悩みばかりの母にこれ以上心配をかけたくなかった。それに当時柔道を習う女子はいなかった。私は柔道を特にしたかったわけではない。習っていると聞けばいじめっ子が少しでも減ることを期待したのだ。そのくらい追いつめられていた。

美術室の前はいつもあの通りだから裏門から入ると大丈夫だった。が、翌日からはここにも待ち構えている者がいた。間もなく休み時間に二人が私のクラスに日参するようになった。授業が終わった時にはもう二人がいて、中には入らず「みっこ」「みっこ」と連呼する。アカザルというあだなの大男と黄色い声の小男の飯島で、一人で来ることはなかった。私のクラスの授業が早く終わった時には私はすぐにクラスから出た。二人はキョキョロしてがっかりして帰って行った。

何もできずに歯ぎしりしている私に一度だけチャンスが回ってきたことがあった。美術や音楽の特別教室に移動するためには渡り廊下から移動する。二人のいるクラスが前方から来るのが見えた。私のクラスとすれ違う。どちらも一列になって歩くが、飯島とアカザルは離れている。飯島が緊張して固くなっているのがわかった。すれ違いざまに上から一発ゲンコツをお見舞いした。飯島は軽くだったからあまり痛くなかったはずだ。飯島はピクッとしてすぐに反撃に出た。「みっこ」「みっこ」と言って二度三度殴りかかってきた。が、背が低すぎて手が私の顔にまで届かない。

両方の列が通り過ぎるまで誰も一言も発することはなかった。

自分のせい

吉川先生のクラスの男子は誰が見ても問題児が多かった。新年度のクラス替えの時に古参の先生たちが面倒を押しつけたと言われても仕方なかった。父の弟の市村敬が二年の別のクラスの担任だった。叔父《おじ》への非難も込めて、ひどいのではないかと言ってみた。「そういえば吉川先生が、もう少し何とかならなかったものかい?と言っていたなあ」と言った。市村は口の軽い所があった。彼からクラス替えのやり方を一度聞いたことがあった。担任になる者がテストの成績順に順番にくじ引きしていくという。それなら当然に厄介《やっかい》者も順番にくじ引きするだろうと推測した。一クラスにこれほどまとまることはあり得ない。

私は一年生で市村に英語を担当されてしまった。あんな軽薄者に威張られてはかなわないと思った。そのために高得点を取るようにした。ところが私に市村が答えを教えているといううわさがあるという。努力したのにそんなことを言われてはかなわない。

両親がいない日に私の家に来た市村をつかまえた。「私は何もしていないのにこんなことを言われるのはおかしい。あんたの素行が悪いからに違いない。来年からは私に絶対に当たらないようにしろ。でないとただでおかない」と言い放った。「わかった、わかった」と言いながらほうほうの体《てい》で逃げて行った。

二年の組がえで市村は私を引き当てた。事情を話して吉川先生のクラスの女子と取り換えた。私自身のせいで吉川先生のクラスになったのだから仕方がなかった。

選挙

リンチ事件からひと月も経たない時期に、生徒会役員に立候補する者をクラスごとに決めることになった。前期に正副委員を分け合っていた私と角田君が当然のように決まってしまった。角田君はおとなしかったのでほとんど話したことはないが、私同様皆にうんざりしていたのだろう。絶対に立候補しないと強硬だという。誰も出たくない選挙とは何なのか。これが大人になった時の選挙の練習なら意味がない。

ずっと後で知ったのだが、フランス革命直後の普通選挙で当選したのは貴族ばかりだったという。人は見知った顔の人を選ぶのだ。

選挙には絶対に出るものかと決意していた。私は担任と生徒の交換ノートに固い決意を書いて提出した。身に覚えのないリンチの黒幕にされたままでクラスの代表になるわけにはいかない。

担任からは翌日すぐに長い返事が来た。

「男子はどうしても出ないと言っています。一人も出せなかったら教師仲間たちから『あいつは何をしている』と言われます。私を助けてください」とあった。私は考えてしまった。この学校が初めての吉川先生は、私の目から見て明らかに問題児を多く押しつけられていた。それがずっといじめられてきた私の姿と重なった。いじめの場面で私をかばうのは誰でも難しいとは思っていたが、せめて私に同情してくれる人が一人くらいいるのは当然と思っていた。が、一人もいなかった。その悔しさは先生も同様だろう。私はクラス代表となることに同意した。ただし出るだけだ。積極的には絶対に動かない。出ることだけで私は自分の言ったことへの責任は果たし終える。

それまで吉川先生は私に立候補させようとして、吉川先生が思いつくすべてのなだめすかしの文章を交換ノートに書いてきていた。「人のうわさも七十五日といいます。今は大変でもそのうちおさまるでしょう」と。こんな気休めは絶対にいけない。子どものしつこさをまるで理解していない。

吉川先生は私の立候補しない決意を翻《ひるがえ》そうと交換ノートにいろいろなことを書いてきた。「あなたは皆に強く推《お》された場合でなければ立候補するべきでないと思っているようだが、それは違うと思います。立派な人ほど自分から進んで出るべきだと思います」

先生は完全に勘違いしている。第一に私は自分を立派だとは思っていない。二郎の嘘を全員が信じるクラスのために自分の大切な時間を一秒たりとも浪費したくないだけだ。

昔の時代の村長の決め方は、村長に推された者が一旦断る。皆がどうしてもお願いしますと頼むとやっと引き受けたそうだ。母がこの手順を私に教えた。一旦断るのは、皆が協力しないようなら辞めるという念押しだ。だが学校の今の選挙はそうではない。一番票数の多い人に有無《うむ》を言わさず面倒な仕事を押しつける。尊敬されずに疲れるばかりの雑用係だから進んで引き受ける人はほとんどいない。

多分、私自身は誰かに同情してもらいたかった。その誰かに当たる行動を自分が為《な》せば私は社会に希望がもてる。先生の孤立解消のために立候補した。

立会演説会の日になった。演説している間はずっと自分が曝《さら》し者にされているという感情に苛《さいな》まれた。こんなこと、早く終わってほしい。だからすぐに自分の演説の内容を忘れてしまった。それにひき換え高橋栄子さんの演説はとてもよく覚えている。私が当選したらこういう学校にしますと、情熱的に語った。少し上気しながら大きく両手を広げて若々しかった。みじめなままここにいる自分が少し恥ずかしかった。浜中さんは演説の中で「未来をしっかりと見つめて」と言った。皆はどうしてこのように印象的な言葉を考えつくのか不思議だ。

しかし開票結果は私が一位だった。クラスごとの集計で、私のクラスの男子からは私に二票しか入っていなかった。同じクラスの女子が、小川君は幾園さんに入れたんだってよ、と意外そうに語り合っていたが、私がリンチの犯人にされている状態に変わりはない。

しかし、開票結果で皆の本心がわかった。要するに誰もが制約されたくないし威張られたくはないということだった。立派な人よりも気楽な人を選ぶ。栄子さんの情熱的な理想の実現は迷惑で、やる気のない私のほうが被害が少ないと感じたのだろう。私は栄子さんが大好きだったけれど、熱心に自説を説くあまり強制される感じがした。別行動を禁止するようで嫌だった。大人になったら変わるだろう。世の中には、人をそのままにしておけない、生まれながらの教師もいるが。

生徒会長の仕事は引き継ぎも手引きもなかった。野球部の他流試合に生徒会長が応援に行かないとはけしからん、と陸上部顧問が怒っていると聞いた時は、生徒会長はいつもそんなことまでしなければならないのかと落胆した。が、次の試合は応援に行った。相手校のグラウンドで試合をするので電車で行った。私の学校が負けた。帰り道で相手校の野球部も駅に向かって歩いていたが、一緒に応援に行った同じクラスの細田楽子さんが彼らに向かって大きな声で罵声《ばせい》を浴びせた。私たちも細田さんに倣《なら》ったが、すぐに私はやめてしまった。相手校の選手たちが聞こえないふりをしている横顔が印象的だった。

細田さんの性格は五十代で会った時も変わっていなかった。

運命という言葉

やっと学年末が近づいてヤレヤレと思っていたら新たな難題が持ち上がった。私は言われるまで何も考えていなかったのだった。

卒業式のメインイベントは送辞と答辞だが、例年送辞は二年生の生徒会長の仕事だそうだ。学校の行事に私は関心が薄かった。昨年の卒業式には列していたはずなのに、誰と誰が送辞と答辞を読んだのか全く覚えていなかった。当然どういう内容が語られたかも覚えていない。その私が送辞を担当することになってしまったが、たいして難しくはないだろうと軽く考えていた。

生徒会顧問の加藤先生は、吉川先生を通して送辞文を書くように私に言った。私が書いた文は吉川先生が加藤先生に渡した。私は後は清書するだけ、と気楽に構えていた。しかし待ったがかかった。このままではまずいと加藤先生が言っているとか。問題点は「運命は切り開くものです」という箇所だという。意外だった。加藤先生が「この言い方は上級生に対して威張っている」と言い、吉川先生も同調している。

私が送辞の中で言いたいことはこの一文だけだった。今まで教師たちからいつも聞かされたことの繰り返しに過ぎない台詞《せりふ》であった。それに生徒の大半は聞いていないし、聞いてもすぐに忘れる。こういう儀式の時の生徒は私のように瞑想《めいそう》の世界に遊んでいることが多い。騒がず整列していれば合格点をもらえる。

確かにこの一文は送辞の中にすべり込ませた宿敵に対する挑戦状ではあった。私をいじめ抜いて潰《つぶ》そうとした者たちよ、そうはいかないよ、という宣言文だった。今までやられっぱなしで誰も助けてくれなかった、同情する者さえいなかった私の、たった一度の最初で最後のかなり慎《つつ》ましすぎる行動だった。無理を押して約半年、学校制度の維持にこれほど貢献した人間にほんの小さなプレゼントさえする気はないようだった。私は二人の先生が過剰反応しているとしか思えなかった。吉川先生は、「助けてください」と書いて私に助けてもらったから、今度は私を助けて恩返しをする番ではないか。

後日二人に呼びつけられた。

「それでは私は送辞の役はできません。誰か他の人にやってもらってください」

私が席を立ちかけると吉川先生が、

「まあまあそんなこと言わないで」

となだめにかかった。私が役を引き受けてくれないと困ると二人で言い張る。

加藤先生が、私の原文を手直しして後で私に渡すから一度目を通してみて、と言ったので一応承諾した。加藤先生にまたしても邪魔された。

後日吉川先生から修正文を手渡されたので、早速目を通したとたんに愕然《がくぜん》とした。私が書いた文章など跡形もなく、全く新しい別の文章があった。

「これなら最初から先生が書いてくれればよかったのです」と文句を言ってやった。

一瞥《いちべつ》しただけで気分が悪くなる悪文の羅列《られつ》。お世辞とへつらいの美辞麗句《びじれいく》以外は何も見出《みいだ》せない文章だった。卒業式というものは、毎年三月に繰り返される歌舞伎《かぶき》のような見せ物である、という固い観念しか教師の頭にはないようだ。

一枚の大きな真っ白な和紙と、三年前の生徒会長古屋君が毛筆で書いた実物を手本として渡された。内容は忘れたが先生が喜ぶ文だ。彼は野球部のピッチャーで、母一人子一人の孝行息子の秀才だった。私の三年上級だったから私が入学した年に中学校を卒業した。雨森先生がいつもこの人を絶賛した。雨森先生と加藤先生のクラスに私のクラスは挟《はさ》まれていた。古屋君の同級で私の遠縁に当たる都《みやこ》さんが村に住んでいた。都さんの学年は中学卒業後は毎年同窓会を開いていて、都さんがいつも参加していることを知った。私は「同窓会に古屋君は来たの」と聞いた。「来なかった」と言った。思った通りだ。優等生という窮屈《きゅうくつ》な生活を強いられていたのかもしれない。

それにしても私に渡した見本がどうして三年前のものなのか理由がまるでわからない。一年前のもののほうが順当ではないか。見知った人を思い浮かべて書くほうが臨場感がある。また吉川先生が加藤先生に全面的に賛成しているのはなぜか。以前吉川先生が留守で授業がなくて自習になったことがある。誰も勉強することなく騒いでいたので吉川先生は隣の加藤先生から苦情を言われたからか。

帰り道で父、卓のことを思った。教員をしている父は、私が逸脱した行動をとれば困って肩身が狭《せま》いのだろう。

帰宅して父一人の時に私は簡単に事情を話した。もらってきた紙と見本と加藤先生の原文を居間のやや中央に放り出しておいた。「ばかばかしくてやってられないよ。とても自分で書くことはできない。まあ誰かが書いてくれれば送辞を読んでやってもいいけど」と捨てゼリフを吐いてその場を離れた。

父は黙って紙一式を手にとって、墨《すみ》を磨《す》って書いた。そして「ほれ」と言って私に手渡したので「ふうん」と言って受けとった。

翌日送辞文を学校に持って行った。教頭がそれを見て、「父ちゃんの字に似ているな」と言った。当たり前だ、本人が書いたのだ。でも黙っておく。教頭は父とは師範学校の同期だった。翌年の答辞も生徒会長だった私に役が回ってきた。

今度は真面目一途《いちず》の全くつまらない文章を書いて出したので文句なく及第《きゅうだい》だった。内容はすぐ忘れた。ただし父には、「同じ字でないとまずいから」と言って、清書をしてもらった。父は黙って私に寄越し、私は黙って受け取った。答辞の当日のことは覚えていない。

送辞を読むのは本当に嫌だった。私などに送られたくない人間が多いはずだ。とりわけ次の文はムズムズして身にこたえた。「私たちの足元に小石があると、私たちが転ばないようにその石を取り除いてくださいました」という行《くだり》だった。その部分を読みながら、「フン、わざと石ころを置いてけつまずかせたくせに」と思った。後のことは何も覚えていない。

私が生徒会のことで不在だった日に、木田二郎は担任の吉川先生に何度も物指しで叩かれたのだという。吉川先生は、「根性を叩き直してやる」と言って教室の一番前に引きずり出して座らせてから叩き始めた。二郎はヒイヒイと泣いた。本当に可哀想だったと水野さんが言った。私が二郎の席に続けて前後して座るべく決めたのは水野さん。私は二郎が泣く場面を見たかった。残念でたまらない。

Ⅱ　中学三年

決行

ともあれ学年が上がってやっと二年の組から脱出した。新しいクラスの人間構成が激変した。ユニークな意見と性格を備えた人が多く、何でも言い合える楽しい雰囲気が小学五年生の一学期の時に少し似ている感じがした。久しぶりに明るい気分になった。

私をいじめた主力は一年上の男子だったが卒業してしまった。しかしまだ同級生には悪い残党がいる。この者たちに少し思い知らせてやることはできるかもしれない。

栄子さんとの誓いを決行する時が来た。栄子さんとは一年生秋のある夕方に川べりを歩いて互いに悩みを打ち明け合っていた。二人ともいじめの標的だったので「いつかチャンスが来たら必ず協力して奴らをやっつけよう」と誓い合っていたのだった。いよいよその時がやって来た。それに、二郎のような悪い奴らを退治することは健全な学校環境を整えることだから、教育の目的にも合致している。既に生徒会役員選挙が間近に迫っていた。私はやっと立候補に積極的になった。私の目的遂行には役立つ。

栄子さんと近づくきっかけは、中学一年生の鼠色の雲が低く重くたれこめて雨が降り出しそうな梅雨時の日だった。足も洗える水場に、同学年の別のクラスの女子ばかりが少なくとも十人は集まってガヤガヤ騒いでいる。私は一人で近寄って行った。栄子さんが「男の子が私をいじめるぅー」と大きな声で泣きながら叫んでいる。私は本当にびっくりした。こんなに堂々と自分の感情をアピールする人は見たことがなかった。

私はいつも自分を制御しすぎていた。我慢ばかりを強いられていると思って不満だったが、我慢しなければならないものと躾《しつ》けられていた。それがどうだ、栄子さんは堂々と自分を主張している。しかも学級委員をいつもしていた。周りの女の子たちが全員で慰《なぐさ》めている。栄子さんが「男の子たちは堤さんばかりを大事にしている。堤さんは私が苦しくて倒れても、上から私を見下ろして助けなかったのにぃー」と泣くと、皆で堤さんの悪口を言っていた。

私はショックを受けていた。目の前の光景は私が見たこともない私の知らない世界だった。栄子さんがこんなにも皆に愛されて同情されているのが羨ましかった。私など十分の一もこんな同情を受けたことはない。

栄子さんとどうしても友達になりたいと思った。機会を窺《うかが》って栄子さんに近づき、やっといろいろ話ができるまでの仲になれた。そうして実現したのが秋の夕方の川べりの会話だった。町には私鉄が走っていて、駅の両側に二つの別々の病院があった。川は廃液が入り込むせいかいつも汚くよごれていた。でもその時そんなことは気にならなかった。思いのたけを語り合い、いじめられっ子どうしの身の不運をなげき合って、溜まり溜まった心のうっ屈《くつ》を外に出したことで、久しぶりにとても軽やかで伸びのびした気分になっていた。その日の最後に「チャンスが来たら力を合わせていじめっ子どもをやっつけようね」と指切りゲンマンをした幸福な瞬間だった。

栄子さんとは昨年一緒に生徒会を運営していた。栄子さんは書記だった。栄子さんと一緒に過ごしていろんな困り事への対処法を相談するのは本当に楽しかった。生徒会の他のメンバーも皆前向きな精神の持ち主ばかりだったから、嫌々立候補して仕方なく役員になった私にとっては嬉しい誤算だった。それは他の人も同じだったようで、メンバーは急速に仲良くなった。生徒会室に行くのが楽しみになり、つい話し込んで夕暮れ時になってしまうことも時々あった。雨森先生が渋い顔で二度「早く帰れ」と怒ったことがある。夕方は石屋の前にはいつも大きな犬が五匹もたむろしていて吠《ほ》え立てるから怖かった。それでも時々遅くなってしまうくらい楽しかったのだ。

栄子さんは必ずまた一緒に生徒会をしてくれると信じて疑わなかった。しかし今年、立候補しないで学年で一番の成績をとるため勉強に専念すると言って譲らない。私は大いにびっくりして落胆した。一番と言っても実力に相当な開きがなければ簡単に取れるものではない。私といい勝負の栄子さんがそんなことを言うのは信じ難かった。私との約束にそんな条件がついていたということも。

私は何度も説得を試みたが栄子さんの決意は変わらなかった。この事態は私の受験への不安を一層大きくした。高校受験は当時は一校しか受けなかったから恐怖だった。結局私は栄子さんの方針を認めるしかなかった。

振り返ると栄子さんには困惑した出来事があった。中学三年生の始めだったか、雨が上がって青空が広がった後の午後、栄子さんと女友達の一団が下校する所に出会った。全員を知っていたので別れ際まで一緒にペチャクチャおしゃべりしながら歩いた。最初に私がお別れする番になって路地を曲がる時、皆がふざけて一斉に、「痴漢《ちかん》に気をつけてねえ」と言った。

「大丈夫。来たら傘《かさ》で目を突くから」

と私が返した。どうしてあんな言い方をしたのかわからない。すぐさま栄子さんが私に、

「お願いっ、目を突くのだけはやめてっ」

と血相を変えて走り寄る。赤く上気した泣きそうな顔。

「わかった、目は突かないよ」

「ああよかった、ほっとした」

私は一人で路地を曲がって皆と別れた。夕闇の中を私は夢遊病者のようにふらふら歩いた。

栄子さんはなぜあんなことを言ったのだろう。所詮はただのおふざけだったのに。一体栄子さんは誰の味方なのか。私は家にたどり着くまでの一切を覚えていない。既に私たちは別の方向に歩き出していたのに気づかなかった。受験は怖い。たった一度のチャンスが受験とぶつかってしまった不運。

二人で敵を懲《こ》らしめながら楽しく受験勉強生活も送る夢は消えてしまった。私はどうなってしまうのだろう。ただこれをしなければ私の人生は始まらない。

四年生で私は「奴らに一発でもジャブを入れられるなら何も要《い》らない」と思った。今を逃《のが》したら永久に後悔するだろう。卒業後はチャンスがない。このステージの中でしかできないのだ。これを実行すれば自分自身の明るい未来を担保《たんぽ》に入れなければならないかもしれないが、それは仕方ないことだ。

とにかく敵を囲い込むためには味方をたくさん集めなければならない。私は方針を立てた。

1、昨日の敵でも考えを変えた者は仲間に入れる
2、誰かに認めたことは他の誰にでも認める（エコヒイキはしない）
もちろん法律に触れることはしない。

とりあえずこれでやってみることだ。要するに、敵のグループに留まるより、こちらに来たほうが楽しい、と思う人間を増やすことに専念することにした。

しかし私一人でこの大事業を成就することはできない。栄子さんに代わる人、それも誰かに何か言われても受験勉強があっても決して初心を曲げない人が必要だった。非難や嘲《あざけ》り、誹《そし》りの他にも不愉快なことが起こるかもしれないが、それに耐えられる性格の人が必要だった。もちろんバランスのとれた友好的な人物は多いほどいい。

初めて同じクラスになった西塔良樹がいた。去年、西塔を数人の女子が追いかけるのを見た。しかし私は昨年の全校討論会での西塔のおかしな弁論が印象に残った。その図々《ずうずう》しさも。

年に一度の討論会は教師が一切口を挟まない決まりだった。そのため議論が終わるまでは中味に関係なく皆席を離れはしなかった。最初に西塔が手を挙げて言ったのは「大人はずるい」だった。幾つか挙げた事例がキテレツであまりにおかしかったから会場は爆笑に包まれた。西塔はニコリともしなかった。反対意見が出ると西塔の数人の仲間が交代で出て反論した。中には少し口下手の仲間がいて返答に詰まり、赤くなってペロリと舌を出してしまう。急遽《きゅうきょ》西塔が出て彼の弁論を引き継いだが、退場する者が頭を掻いて聴衆を笑わせた。

この者なら使えると思った。敵対は当面は避けることにした。西塔は、昨年は栄子さんと同じクラスだった。その二人が犬猿《けんえん》の仲だったことは後で知った。

私が仲間を募るに際してトップクラスの成績の人を外したのは栄子さんの経験が影響している。一番に情熱を燃やす人はいざという時にあてにならないのだ。しかもただの勉強好きは道徳的で無害だから放っておける。成績でいえば二番手、三番手の人たちが仲間として頼りになる。大人の社会では中産階級に位置する。この人たちは全力を勉強には投入しないので余力があり、意見もきちんと表明できた。この層を味方に付けることが肝要だ。

私を苦しめた敵に私と同じ思いをさせること。そして私がされたように敵に取り囲まれて孤立した時の気分を味わわせる。その経験の後の彼らの行動に興味があった。私と同様の孤立感と怒りを感じるに違いない。

西塔を味方にするためにはどうしたらいいかと思案し始めたころにクラスの席順が決まった。私の真後ろの席に西塔が着いていた。

西塔はかなりおしゃべりだった。授業中に私の背中をツンツンつついておしゃべりをしてきた。私はできるだけ応じていたのだが、少々困ったと思った。小学六年の春のある出来事を契機に、私は自分ができ得る限り母を手助けする決心をした。そのために勉強は基本的に学校だけにして家では宿題のみに限定した。ピアノを習わせてもらっていたのでその練習は家でする必要があった。それ以外のものはすべてしないことにした。期末テストの一週間は義務で勉強する。それが私の実力だから実力に合う生活を送ろうと決めていた。

間もなく敵に反撃を始めた私の覚悟と熱意は黙っていても周囲に伝わっていった。多くの男女が私との付き合いに加わってきた。私は目的に向かって力強く歩み始めた。

いつの間にかこれまで仇敵《きゅうてき》だった者も仲間に加わっていたが、最初から『きのうの敵は今日の友』のスローガンを掲げていたので問題ない。が現実の進展は予想を大きく上回った。

西塔が「田植えを手伝う」と言って私の家に初めて来た時、田植えは済んでいた。

スーパーカブ

ある日西塔が言った。

「おめえの家《うち》にはいつもカブがある。あれに乗せてもらいたい」

ホンダのスーパーカブは一定の年齢以上になれば簡単な筆記試験だけで免許が取れた。中学生は免許取得年齢に達していない。私は「無免許運転になってしまうから困る」と言って断った。

カブがいつも家にあるのにはそれなりの理由があった。父は私が中学生になると同時に私の通った小学校から転勤した。遠くて自転車では大変なのでカブに乗り換えた。

私が中学一年になった時に新しく来た出稼ぎの岸さんは中学を卒業したばかりだった。私が四月生まれで岸さんは三月生まれだったから二年くらいしか年が離れていなかった。

仕事休みで岸さんが遊びに外出していたある日、母は二階の岸さんの部屋を掃除した。何枚もクシャクシャに丸めた便箋《びんせん》がゴミ箱を山にしていた。外にはみ出た便箋をゴミ箱に入れる時に偶然に文面が見えた。それには、「おじさん、僕はどうしてもオートバイに乗りたいのですがお金がありません。僕にお金を貸してください」と書いてあった。クシャクシャの便箋すべてが同じ文章だった。何度も書いたがどうしても投函《とうかん》できなかったことがわかった。

父が家にいてカブが家にある時の昼休みには必ず岸さんが楽しそうに乗り回していた。カブに乗るのが心の支《ささ》えになっていたことを母は知った。すぐに父に事情を話した。岸さんが同居している期間は、父はまた元の自転車通勤に戻った。私の家にいつもカブがあったのは使っていないからではなかった。この時私は、若い男子のヒリヒリしたスピードへの憧れを知った。

数日後に西塔がまた話しかけてきた。

「俺はおめえの地区を駐在が回る時間を調べた。毎日同じ時間に回っている。これは間違いねえ。保証する。その時間を外せば絶対に大丈夫だ。一回だけでいい。この後はもう頼まねえ。約束する」

困った。頼みを聞いて、無免許運転が誰かにバレたら生徒会長としての私の立場云々《うんぬん》だけでは済まない。当然教育者としての父にも累《るい》が及ぶ。しかしこの頼みを聞いたら彼は間違いなく私の味方になるし、断ったらその反対だろう。この年齢の男子がスピードに憧れる気持ちは岸さんを通じて理解していた。

西塔にオーケーする。後は運を天にまかせるのみ。誰にも気づかれませんように。

西塔がカブに乗る日がやってきた。その日は気持ちよく晴れた日で私の家の周りは人気《ひとけ》がなかった。田植え後の草取りなどでどの家も忙しい。家に残っている人はいない。よかった。

西塔が来たが他に二人、計三人で来たので私は驚いた。西塔一人で来て一人で乗り回したら帰ってゆくものと思っていたから。

連れの一人は西塔の親友上山君で、去年私とは生徒会で一緒だった。冗談好きのおもしろい人だった。もう一人は大山翠ちゃん。幼稚園の同窓で、お別れ会では実母の「さくらさくら」の歌に合わせて琴《こと》を弾《ひ》いた。帯解きの綺麗《きれい》な着物姿で可愛《かわい》かった。今はガムをクチャクチャかんだまま話す。西塔が乗り順を説明した。まず男子が一人ずつ、次に二人が前と後を交代して、次《つ》いで女子に乗り方を教えるため男子が後ろで二人乗りする。前後を入れ替える。こうしてすべての組み合わせでカブを乗り回した後で三人とも帰って行った。

助かった。誰にも会わなかった。運は私に味方した。

しかしこれで終わりではなかった。

時が止まる

それから間もない晴れた日だった。

給食後の休み時間に私は一人で二階の自分の教室の隣の廊下の真下にある廊下を歩いていた。北側の窓から光が射し込むけだるい空気が漂う。眠気が私を包み込んでいた。

「生徒会長のくせにっ、無免許運転をしていたんだからっ」

背中に大きな罵声を浴びてびくっとした。二郎だ。緊張で体が硬直する。息を止めて二郎のいるクラスの中に目をやる。

教室の南側の窓の内側は外の光が強すぎるせいで薄暗かった。目が慣れると教室の中には二郎の他に三人の男子がいることがわかった。三人とも下を向いてもぞもぞと何かをしている。

時間が止まった。

三人とも無言だ。下を向いたまま黙々と同じことを続けている。二郎を完全に無視し続けたまま三人だけの世界に没頭している。

二郎はついに諦めたようだ。黙って教室の南側の校庭への出口に歩いて行った。外を見てぼう然としている。後ろ姿が哀れだ。

許しの奇跡

時間がまた動きだす。私は急にフワッと浮き上がった感じで拍子抜《ひょうしぬ》けしていた。この瞬間に自分が二郎を許していることを知った。

後で不思議に思った。二郎は嘘を言った時はいつもうまくいった。初めて本当のことを言った時には誰にも相手にされずに無視されたのだ。二郎はどこからか、私たちがカブを乗り回す様子をじっと見ていたのだ。どこに潜《ひそ》んでいたのか全くわからない。しかし私はこれ以後、敵に対する復讐心《ふくしゅうしん》を急速に失っていった。

私の部屋は南向きの母屋の西南の端の南側で母屋とつながる離れの奥にあった。母屋から右手に曲がった二部屋の前の廊下の先の行き止まりが私の部屋のドアだった。左手に小さな玄関が付いていた。私が中学二年になった春に完成した。出窓に囲まれた私の部屋は落ちつかなかった。私は元の二階の部屋から動きたくないと母に言った。せっかく子どものために造ったのにと言われて仕方なく部屋替えをした。

私の部屋に十人の男女がいたある日の夕方に、私は母といどうはんの岸さんが帰って来てしまうのではないかとドキドキしていた。皆はなかなか帰らない。薄暗くなって母と岸さんが帰って来たのでやっと全員が帰って行った。

後で母に呼ばれて案の定叱られた。私とあまり年齢の違わない岸さんが汗にまみれて遅くまで働いていたのに、家に帰って来たら私と友人が遊んでいるのを見たらいい気がしないというものだった。私は母に謝った。

岸さんにはどんな償いをすればよいのか。なかなか名案はなかったが、とにかく謝ることにした。

「きょうはごめんね。疲れて帰って来たのに、私の友達が遊んでいたので気分が悪かったでしょう。もしよかったら私が自分の部屋にいる時ならいつでもピアノを弾いてね」

「うん、気にしなくていいよ」

岸さんが音楽好きなことには気がついていた。窓の外から私がピアノを弾いているのを眺めていることが何度かあった。

その後、風呂《ふろ》と夕食が済んだ岸さんは、「いいかね」と言って気軽に私の部屋にやって来た。一本の指で楽しそうに唱歌や童謡などを弾いたので私はほっとした。

母の実家の離れは材木も部屋構えも高級で、日本庭園に囲まれた先には池もあった。我が家の狭い土地に建てた離れは比較にならない。

私の家は北側の道路と西側の細道に囲まれていた。その細道からは私の部屋付きの玄関に入れるのだった。

ある日深谷正が私に言った。先日私の部屋の西側の細道で私の弾くピアノの音を隠れて聴いていたとか。子ども部屋と道の境界のブロックの間にはプラタナスの木が植えてあったので、その陰にでもいたのだろうか。「私に声をかけて中に入ればよかったのに」と私は言った。

卑怯者

実は深谷は敵の一人だった。深谷は小学三年生の時に同じクラスにいた。やんちゃで手に負えない所があった。四年生は前年と同じクラス編成だったが担任がかわった。三年生の時の担任が転出したからだった。四年生の時に柴田サーカスが来て、町のはずれの広い空き地にテントを張った。二か月弱くらい逗留《とうりゅう》したと思う。そのサーカスの子どもがクラスに入った。鳥取県出身という高屋京介だった。

高屋は早速クラスの中で子分二人を作った。どちらも私の苦手な深谷と二村進だった。三人が連れ立って行動する様子がよく目についた。

ある日私は一人で階段を歩いて下りていたが、踊り場で三人が陰に隠れていることを知らなかった。三人が一斉に私に躍りかかって私の腹に向かって思い切り蹴りを入れた。私が倒れた時には喚声《かんせい》をあげて三人とも走り去っていた。あまりの激痛でしばらく動けなかった。あと少し大きなダメージを受けていたなら立ち上がることはできなかったと思う。

下校直前の出来事だったので、やっとのことでよろよろ立ち上がり、しばらくして帰った。子どもが怖いのは手加減を知らないことだ。自分がそれほど大したことをしたと思わない。深谷もそれから間もなく事件を起こしたことを忘れてしまったようだ。私はそれから曲がり角には注意を払うようになった。子どもによっては被害を大声で訴えたり告げ口する子さえいるのに私

郵便はがき

料金受取人払郵便

新宿局承認

1409

差出有効期間
2021年6月
30日まで
(切手不要)

1 6 0-8 7 9 1

1 4 1

東京都新宿区新宿1－10－1

(株)文芸社

愛読者カード係 行

ふりがな お名前		明治 大正 昭和 平成	年生 歳
ふりがな ご住所	□□□-□□□□		性別 男・女
お電話 番 号	(書籍ご注文の際に必要です)	ご職業	
E-mail			
ご購読雑誌(複数可)		ご購読新聞	新聞

最近読んでおもしろかった本や今後、とりあげてほしいテーマをお教えください。

ご自分の研究成果や経験、お考え等を出版してみたいというお気持ちはありますか。

ある　　ない　　内容・テーマ(　　　　　　　　　　　　　　　　)

現在完成した作品をお持ちですか。

ある　　ない　　ジャンル・原稿量(　　　　　　　　　　　　　　　　)

書　名			
お買上 書　店	都道　　　　市区 府県　　　　郡	書店名	書店
		ご購入日	年　　月　　日

本書をどこでお知りになりましたか?

1.書店店頭　2.知人にすすめられて　3.インターネット(サイト名　　　　　)

4.DMハガキ　5.広告、記事を見て(新聞、雑誌名　　　　　)

上の質問に関連して、ご購入の決め手となったのは?

1.タイトル　2.著者　3.内容　4.カバーデザイン　5.帯

その他ご自由にお書きください。

(　　　　　)

本書についてのご意見、ご感想をお聞かせください。

①内容について

②カバー、タイトル、帯について

はそういうことをしなかった。

深谷正が出入りするのを見たからでもないのだろうが、私の所には実に多くの人が出入りするようになった。一度も同じクラスになったことのない者が私の知っている人について来ることもしばしばだった。私の部屋は駅みたいになってしまった、と呆れて見ていたこともある。

そんなふうに大勢が私の部屋にいた時に、私の机の上の物を漁《あさ》るだけでは済まない東が、抽斗《ひきだし》まで開けて中の物を取り出していた。女の子はこういうことはしない。男子のほうが無作法だと思いながら、距離があるので既に制止は無理だった。ドキドキして見ていたら、日記のある場所に行く前に抽斗漁りをやめたのでほっとした。皆が帰った後、すぐに日記を別の場所に移した。

テストの結果や通知票を見られてもまあ構わないだろう。済んでしまったものだから。日記は違う。まだ成長途上にあるものだ。干渉《かんしょう》を受けたら変化してしまう。しかし東に認めたことは他者にも公平に許すべきだった。誰が抽斗を開けてもいいことにした。

それから三十年以上が過ぎた後の同窓会で、東が自らその時のことを話しだした。「これほどあけっぴろげの人が存在したのかとショックを受けた」そうだ。自分が断りなく開けっぴろげて自分で勝手にショックを受けたとは。おかしくて仕方がなかった。

こういうおもしろい話ばかりではなかった。深谷のような元敵の湯沢がよく出入りするようになった。後で妹の梢《こずえ》に聞いたのだが、梢が小学校三年で私が六年生だった時、映画館の前で彼がいきなり梢を殴ったのだった。同じことが二度もあったという。六年生の時、湯沢は同じクラスにいて嫌な奴だった。私が何もしなくとも嫌がらせをしてきた。梢にまで手を出したのは湯沢だけだ。梢に申し訳なかった。

湯沢が同窓会に来ることはなかったが、彼の近況はわかった。「危ない国に行くから」と同情を強いるような言い方だったそうだ。男どうしの付き合いも複雑だったようだ。「あいつ、いつもああなんだよな」と言う友はカンボジア行きの湯沢に同情しないように見えた。

私は敵囲い込み作戦開始に当たって強面《こわもて》で行くほうがいいと思った。強そうに見えるものなら何でも歓迎だった。そんなある時に、ふざけた男子一人が私に向かって〝親分〟と言った。私は悪びれずにその称号を受け入れた。

それからほどなく〝親分〟から〝ボス〟に変わり、後輩にまで広まった。

時間が止まった経験の後は強いて強面で通す必要もなくなったが、自分のやり方を今更変えるわけにはいかない。周囲が混乱する。卒業までは今の路線を継続することで私の責任は果たすことになる。卒業まで頑張るのだ。

乱闘

昼休みにクラスの中がざわついていた。皆窓際に集まってゆく。同学年の私のクラスの西塔のグループと別のクラスの皆川志朗のグループが校庭で睨《にら》み合っていた。今にも乱闘が始まりそうな気配で校庭に面した数クラスからぞろぞろとヤジ馬が集まってきた。さすがに両者も驚いたらしい。気恥ずかしそうな顔をして解散した。ヤジ馬も間もなく消えた。

それから幾らも経たなかったある朝。西塔の子分の古川が私の所に駆け寄ってきて、昨夜の事件のことを興奮気味に話し続けた。この間の乱闘の仕切り直しを弁天様の池のほとりでやり直したそうだ。警察が気づいて駆けつけたので双方とも逃げて一人もつかまらなかった。アスファルトの道路には乱闘で負傷した公《きみ》ちゃんの血痕《けっこん》がずっと続いていたんだよ、と。私に関わりのない事件をわざわざ知らせに来たのは〝ボス〟の名称に騙《だま》されたか。

皆川志朗は六年生で一緒のクラスだった。ヤンチャ組の一人で、掃除の時には清水と二人でブリキのバケツを振り回して怖かった。皆川は数人の姉の下の末弟《まってい》だった。姉が皆成績がよかったので、成績の悪い皆川は家族の中では小さくなっていたらしい。中学一年のクラスは担任が女性で、乱暴な皆川は椅子を振り回したりして大変だったらしい。皆川の姉が歯科医で、たいていの歯科医院は混雑するが、いつもすいていた。私の歯医者は皆川のお姉さんだった。一人も待つことなくすぐに診察してくれた。たいていヨーチンを塗るだけだから早かった。

皆川が中学一年生の秋に皆川の勉強部屋を改装した。私が歯の治療に行った時だった。歯医者さんとお母さんに熱心にお茶を誘われた。お菓子も頂いて、学校のことをいろいろ聞かれた。その後皆川の部屋が新しくなったから是非《ぜひ》見てくださいと言われて大いにとまどった。私と皆川がちっとも仲良くないことを二人は知らないのだ。私の困惑に気づかない二人が私の前後について私を皆川の新しい部屋に案内した。明るい青い壁にしっかりとした二段ベッド全部を彼が使うようだ。私が使いたいと思うほど素敵だった。勉強嫌いの皆川がこの部屋で大いに勉強することを二人は望んでいる。

お勉強

私たち三人が茶の間に戻ると同時に皆川が帰ってきた。皆川は不意をつかれたので照れ笑いをし、私は「こんにちは」と挨拶《あいさつ》した。お母さんとお姉さんが私を皆川の部屋に案内した話などを「うん」「うん」と少し顔を赤らめて聞いている。そのうちお母さんとお姉さんが、

「美千也さんに勉強を見てもらいなさい」

と言ったので私はますます困ってしまった。皆川も同様だったはずだ。しかし目の前の彼は学校での乱暴な彼とは別人のおとなしい素直な少年だった。私と皆川のクラスの理科は同じ先生だった。昨日私のクラスで実施した同じテストを皆川のクラスでもやることを知った。私たちは今回、理科を勉強することになった。正解を教えはしなかったが、出題箇所について私は、「ここは大事みたい」「ここは重要だからよく勉強したほうがいい」とか言って全部教えてしまった。

次に歯医者さんに診《み》てもらった時だった。

「この前の理科のテスト、九十二点だったんだって。やればできるのよね」

と歯医者のお姉さんが言った。私は、

「そうですよね」

と答えた。歯科医院を出た途端に外から帰ってきた皆川と出くわした。皆川が真っ赤になって、

「さようなら」

と私に言った。私も、

「さようなら」

と言って別れた。まるで先生と生徒みたいだ。

一人殺した、と心の中でつぶやいた。突然体がカーッと熱くなった。大声を出して全速力で走りたい衝動に駆られた。泣きたかった。

その後私は歯医者さんを変えた。三年生の皆川は、ニキビが増えてふてぶてしかった。

あの後皆川と話すことはなかった。私と同じ駅の私立高校に入ったが、悪い仲間にお金をゆすられるようになったそうだ。

予算

学級委員の福原明と私が生徒会に立候補することになったので、穴埋めに選ばれたのが西塔と堤夢子だった。西塔は今まで学級委員に選ばれたことがなかった。

春はクラブ活動のメンバーが決まる時でもあった。例年と違うのは勧誘合戦が繰り広げられたことだ。新しく珠算《しゅざん》部を作ろうとする西塔と上山、美術部の大拡大を目指す浜中絵里の活発な動きに私たち演劇部も不安になった。三《み》つ巴《どもえ》の部員獲得競争になった。さまざまな方面が活性化したら学校生活も楽しくなる、という期待がふくらんだ。

問題は予算決めの評議会だった。西塔が次々と発言したのに対して他がおとなしすぎた。西塔は「珠算部は新しい部を正式に作れればいいから、二百円つけてくれればいい」と言って、これはすぐ皆の賛同を得た。次に西塔は、「給食は学校がしっかり作っていて給食部は特に活動していないから今までの給食部への配分は多すぎる。二百円でいいはずだ」と言った。しかも給食部長は自分がやり玉に挙げられておろおろしてしまい、「二百円でいいです」と泣きながら言ってしまった。

西塔は運動部についても熱弁をふるった。「野球部だけが予算を独り占めしているのはおかしい。他の部ももっと獲得する権利がある」と主張したので会場は騒然となった。生徒会副会長二人のうち桜井康治は欠席。会長の私と副会長の荒井一枝さん以外は泣いていた。評議員の中にも泣いている人たちがいた。議長の私は十五分間の休憩を宣言した。休めば皆の頭も冷えるだろう。私も廊下に出た。とたんに私は野球部員たちに取り囲まれた。

「ふざけた真似をするとただじゃおかないぞっ」と言い終わるのに合わせて全員が持っているバットの先頭をドンッと廊下に打ちつけた。涙を流している者もいる。野球部が大変だと聞いて練習をやめて駆けつけたのだそうだ。

アウトだ！　一巻の終わりかと私は思った。不吉な予感が一瞬浮かぶ。が、心を強くして思い切り大きな声で言い返す。

「私に何をしても何も変わらないよ。私はただの議長で票を持ってない。票を持っている人が野球部に予算をつけなければどうしようもない。今、十五分の休憩に入ったばかりだ。急いで票を持つ人を説得するほうが先ではないのか」

すると全員が、「おうっ」と掛け声をかけた途端に身を翻して評議員のいる室内に入って行った。助かった。


野球部の予算は昨年に比べて大きく減った。これが職員会議で大問題になったという。金井百合子さんのクラス担任は授業中に、「あれは幾園の独断です」とクラス全員の前で私を非難したという。また三人の女教師が集まって「あの子は生意気だからそのうち痛い目に遭わせてやる」と話し合っていたと教えてくれた先生もいた。

新会長ははみ出し者を制御できないからだらしない、とも言われたそうだ。しかし私は予算決めについての注意は何も聞いていなかった。野球部が今まで予算を独占していたのはおかしい、という意見が優勢になったのに私が独断で覆すのは不可能だ。

職員会議では、予算を白紙に戻してもう一度評議会を開いて予算を決め直す、ということになったそうだ。評議会はやり直しとなり、予算を決め直した。職員会議の意見に沿って金額も変更した。が、一度決めた金額が皆の意識にインプットされていたせいで、穏健《おんけん》にはなったものの先の決定に似たものとなった。

後で去年の女子生徒会長が私に、「どの生徒会長も先生たちにいじめられて泣いちゃうんだよ。幾園さんみたいに泣かない人なんていないよ」と言ったから驚いた。泣く理由がわからない。

生徒会顧問は三年では叔父の市村敬だった。私が生徒会長に選出される前に決まっていた。一年の終わりに私から脅迫《きょうはく》されたことをしっかりと覚えていた。今後は私とは一切関わらないようにしろ、と言われたことを。私を見て、

「しょうがなかったんだから。選挙の前に顧問が決まっていたんだから」

と憮然《ぶぜん》として私に言った。私は不機嫌に、

「いいよっ」

と言った。

その後叔父敬は私の父母に私の悪い評判を言いつけに来た。西塔に影響されているのではない

か、と先生たちが言っていると。父が私に、

「だめだがな。直してやらなくちゃならないのに反対では」

と叱った。私はフンと無視した。今回だけは大人たちの言うことを聞くことはできない。大体教師たちが誰も手に負えない人間を生徒に丸投げするから悪い。教師たちの手抜きの結果なのだから、自分たちの行動に責任をとるべきだ。西塔は一年で授業をボイコットしてクラスの男子全員と共にマラソンに行ってしまったことがあるという。確かに悪い。けれども両親の言うことも今回ばかりは聞けない、今までは聞いてきたが。義務教育が終わる前に私はけりをつけなければならないことがある。

評議会の予算が決定したころには、「私は大部分の教師を敵に回したようだ」と覚悟した。残念だが仕方なかった。

気になったのはあれほど派手に部員集めをしていた珠算部と美術部がほとんど活動しているように見えなかったことだ。あんなに騒いだのに。私自身は演劇部員だった。けれど生徒会に時間を取られてあまり参加できないからはらはらした。部員全員が熱心に活動してくれたのがありがたかった。野球部以外の部活も重視する方針が無にならないで済んだ。

学校さまざま（夏休み）

夏休みに隣の中学校が創立記念祭のイベントとして、同区域全部の中学校にキャンプへの招待状を出した。全学校が応じたが、応じた生徒の学年はまちまちだった。私の学校では三年生ばかりだが、一年生ばかりという学校もあった。我が校生徒会副会長桜井はいつものことだが不参加だった。彼は雨森先生担任の栄子のクラスだった。

学校によってこれほど違うのか。隣の学校では校長が先頭に立って熱心な先生数人と手伝いの卒業生たちもいた。私の学校では考えられなかった。教室に寝泊まりして過ごした二泊三日は、とても楽しいものだった。この学校はフォークダンスが盛んだった。

蚕が上がる日（蚕が桑を腹いっぱい食べて繭《まゆ》作りに入る日はダンボールの枠《わく》に入れるので猛烈に忙しい）は夏休みなのに、突然西塔と同級生の男子が応援に来てくれてびっくりした。女の子はこういう汚い仕事はあまり好かない。

昔の小学校の文化祭

三年の生徒会の最後の仕事は学芸クラブ発表会の初開催だった。私は幼稚園の時にうしに連れられて来年私が入学する分校の本部に当たる本校の文化祭に行ったことがある。小学校の文化祭と言っても親が全面的に協力しているためかとても立派だった。父兄の植木などの作品も展示されていた。ミキサーで作ったりんごとみかんの生のミックスジュースを十円で買った。先生の指導を受けながら六年生の女子が作っていた。みかんの袋が混じっていたが、おいしいと思った。

本校では六年生が卒業演劇をした。私はそこでリア王を初めて観た。皆上手だった。

今の私の学校では文化祭をするほどの実力はなかった。演劇程度が限界だったが、それを開催する場もなかったので公民館を借りることになった。これで私はますます教師の恨みを買うことになってしまった。学校から公民館までの道路は学校の教師の大部分が交通整理に立たなければならなくなった。そうしないと警察の許可が出ないからだそうだ。ここまでは考えが及ばなかった私は恐縮したが、今更仕方なかった。

ここまで決まる過程では、「三年の教師は生徒会に振り回されている」と怒号のような非難の嵐だったという。加藤先生が秋山さんのお宅で大泣きしながら、「生徒会のために頑張った」と言ったと秋山さんから聞いた。秋山さんの父は他校に勤める教師で、加藤先生と友人らしかった。そんなことがあったとは申し訳なかった。しかし加藤先生にはそのくらいはしてもらっていいだけの個人的な貸しが私にはあった。

一年生の最後の評議会で、先生の呼びかけに勇気で応《こた》えた私。その勇気に対して呼びかけた者の義務を果たさなかった先生は、今その埋め合わせをしてもよい。

評議会

中学一年が終わりに近づいたころに学級委員や各部長全員が出席する評議会は最終回だった。評議会という名称は、後の世代の中学校では生徒会委員会と変更しているようだ。

その時の生徒会顧問は三年生の担任の加藤先生だった。加藤先生が、

「今日が最後なので、何かあったら何でもいいから言ってください。話し合いましょう」

と言った。誰も手を挙げなかった。私は一瞬迷ったが思い切って手を挙げた。加藤先生が私を指した。私は勇気を振り絞って自分の困った現状を簡潔に訴えた。私は困っているのは自分であるとは言わなかったが、わかった人は多いと思う。

次に加藤先生のとった行動を見て私はすっかり落胆した。「一、上級生の男子が下級生の女子を冷やかす」と書いて終わりにしてしまったのだ。話し合いはどうした？　敵はますます増長する。やっとの思いで勇気を出した自分の行為は何だったのか？　が、他に挙手もなくそのまま閉会となった。私としては清水《きよみず》の舞台から飛び降りたほどの勇気ある行動だったのだ。

学芸クラブ発表会

演劇部の他に有志の出し物があって二本立てだったから少しは格好がついた。演劇部はまず出

し物を決めてから配役には外部の人をスカウトまでした。パパゲーノという登場人物がいた。神父さんが亡くなった人にお祈りをしていた喜劇だった。おもしろかった。有志の荒井さん主演の村八分《むらはちぶ》の劇もあった。雨森先生が「演劇部の劇はよくわからなかった。もう一つのほうがずっとよかった」と言ったと、雨森先生にハードルのコーチを受けている添田若子が言った。

これほど評判が悪かったのだから学芸クラブ発表会は今年限りで終わりだと信じていた。ところが三年下の梢の時もまだ続いていた。先生方はあれほど反対したものの、一度やってやり方を覚えたので、次からはあまり抵抗する気にならなかったのか。要するに新しいことは初めが一番大変なのだろう。

卒業

卒業式が一週間後に迫ったある日、同じクラスの早川幹夫がにこにこして「いいからついて来て」と言う。学校近くの早川家の庭に六畳一間の新築の家があった。「俺が半年かけて一人で作った勉強部屋」と真っ赤になって言った。私はぽかんとしてただ驚いていた。早川と比べたら自分は何をしていたのだろう。

卒業式の後で「これで故郷を恨まずに済んだ」という思いだけが湧き上がったのが意外だった。

高校入学

高校入試合格発表の日には荒井一枝さんのお母さんが親切にも皆に付き添ってくれた。受験勉強に身を入れなかったことに心残りがあった私には合格は他人事のように感じられた。この無感動が激しい一年間の疲れのせいだということはわかっていた。本当はしばらく休養することが一番大事であることも。ただしそれは今の社会では許されない。精神疾患扱《しっかん》いされてしまう可能性がある。

六人の受験者全員が合格したが、それは倍率がとても低いせいということが後でわかった。一クラス五十三人の九クラスだから五百人に近い。県内のトップを競う高校という評判からは遠い印象だ。当時、国公立大学合格者が地方新聞に掲載された。

入学式場の体育館の後方には、今年の大学合格者の名前が書かれた短冊《たんざく》がたくさん貼ってある衝立が何枚も並んでいた。今年は合格者が多かったと聞いて、少ない印象をもった私は驚いた。この学校のたいていの生徒は無理なく大学に行けると思っていたから。

新入生を祝して同窓会の会長が「伝統ある本校に入学しておめでとうございます」と祝辞を述べた。あまりに「伝統」を連呼したのがかえって安っぽく聞こえた。母も同感だった。

Ⅲ　村の生活

桃源郷

南西の神社の一番高い木の上にいつも止まっていた雉《きじ》。付近を雉野《きじの》といった。母が「美千也が麦藁帽子《むぎわらぼうし》を被《かぶ》って一人でおっぱいを飲みに来て、飲み終わると『じゃあね』と言って一人で帰った、その後ろ姿にいつも胸がいっぱいになった」と言う。

家に帰る道の途中には小高い小さな墓があった。墓の向かいの道の東の二歳年上の明子ちゃんとはいつしか毎日お墓で遊ぶようになった。ヤマカガシが毎日姿を現した。小川をくねくねと上手に泳いでいた。

明ちゃんのお姉さんがふかしたさつま芋《いも》を差し入れてくれたことがある。明ちゃんが「穴を掘って隠そう」と言ったので二人でお墓の真ん中から少しずれた地点に穴を掘って芋をしまった。上部は木切れの上に草を被せてわからないようにした。翌日二人で穴を掘り返して「あった」とほっとして一緒に食べた。

明ちゃんが私の前に立ってピンクの布を闘牛士のようにヒラヒラとさせて見せたことがある。「みっちゃんいいだろういいだろう、四十円だよお」と言った。私は布をうっとりと見上げて四十円を記憶した。

野道は兎《うさぎ》の餌《えさ》と芹《せり》などに満ちていた。ゲンゴロウやミズスマシやアメンボは永遠に小川を泳ぐはずだった。草餅《くさもち》の季節にはヨモギを採るのが子どもの仕事だったが、大きな子たちが先に採ってしまう。私と雄三は草が採れずに困っていた。私が「知っている場所があるけどいい場所じゃない」と言うと、雄ちゃんがとにかく行きたいと言う。お墓のヨモギは誰も採らないので大きくてたくさん生えていた。私が「気持ち悪いよ」と言っても雄ちゃんは「平気平気」とどんどん採り始めた。私も採った。短時間で笊《ざる》はいっぱいになり私たちはとても褒められた。家族がうまいうまいと食べていたが、私たちは「おなかいっぱい」と言って食べなかった。

子どもの世界

記憶のない幼い時の私はひどいわからずやだった。ぬかるみで転んで誰かの助けを呼ぶ。気づいた人が助けても、呼んだ人が来なかった時は元のぬかるみに戻って転んでその人を呼び続けたという。保育園の鉄棒で、女の子のパンツには全員ゴムが入っていたことに私はショックを受けた。家に帰って猛然と怒ると、母が呆れて言うには「暑苦しいからゴムを全部取れ」と私に言われて取ったのだという。もちろんすぐゴムを入れてくれた。

その私がいじめられてすっかり泣き虫になった。暴力だけでなく習慣の違いによる衝突、気の強さの差など原因はいろいろだが、小さな子どもはいじめを楽に乗り越える。保育園ではいつもいじめ合った子たちだが、保育園の後や野原で遊ぶ時にはいじめがなかった。嫌だったら自由に抜けられるから、遊び相手がいなくなっては困る。人さらいに気をつけるように、とはいつも言われていた。

子どもは少し年上を見て自分の将来を予想する。中学校を出た女の子はギャザースカートをはいて勤めに出た。自分もそうなると思った。青年団の人たちは昼休みに校庭で円陣を組んでバレーボールを打ち合っていた。私たちがその年齢になるころ世の中は変わっていた。

始まり

母の実家は農地解放で貧乏になった地主だった。祖母八重は、「お金はお足《あし》っていうんだ。足が生えていてすぐどこかへ行ってしまう」と言った。八重が勧めたから嫁に来た、と母泉は言ったが、嫁いだ途端にこれほどひどい苦労に巻き込まれるとは思っていなかった。祖父芳郎は私の家の周りを三回回った。あの家では娘が苦労すると反対したが「何言ってるんだい、卓さんはいい人だ」と八重が押し切った。村人が皆親切で、母の実家が生きていけるように一町歩の土地を工面《くめん》してくれた。

義姉妙子の家は元々我が家の敷地内の北側にあった。祖父母の隠居住宅を一時的な仮住まいとした二部屋だけの家だった。母の嫁入り後の六日目に祖父が急逝《きゅうせい》したら妙子夫婦の態度が横柄《おうへい》になった。恐怖を覚えた祖母うしが私の両親に、「わしはあんた方にどこまでもついていくよ」と言った。六日間の同居生活で、うしが常に大声で怒鳴《どな》るのを母は見た。結婚の条件が「十年間は別居」というものだったから隣接する街で貸家を捜す予定だったが、うしは街なかの小住宅生活は無理だ。村の世話役の茂平さんが入って財産の分け方を決めた。田畑は父が東西を、妙子が南北を取った。東の田の方角に爆弾が落ちたので母たちはその田に近づかなかった。その田の半分の面積の田と交換しようという人が現れて交換したのは爆撃されない方面の田だったからだ。その後、不発弾が破裂または発見されたという話は聞かない。

妙子夫婦は分家する時に得た一万円が預金封鎖に当たってしまった。近所では二千円で豪邸を建てた人もいた。

結婚したばかりの若い母を義姉妙子の長男正三が手伝った。母は正三にアルバイト代を支払った。正三は前借りをして踏み倒すことがあった。母が父に相談すると、「正三には（お金を）やってくれ、金がなくて悪いことをしたら自分が世間から非難されるから」と言われた。義父の死後は父が戸籍筆頭者になったからだ。家族の不始末はすべて家長の責任が厳しく問われたようだ。

「男は親と一緒に暮らすから学校には行かなくてよい」という考え方の村に嫁入りした泉は面く

らったという。母の里は男の子も勉強すべきとされていたからだという。

母も父も父母の実家にとても可愛がられた。父が養子に出る時に、父方祖母が「私が若かったら絶対にこんなことはさせない」と泣いた。父は軍事訓練に出発する朝に駅で大勢に万歳をされた。三つ先の駅で車を拾ってその祖母の元に駆けつけた。祖母の容態が悪くなったその日は付き添いの看護婦が非番で気になった。「卓かや」と祖母は父の手を取って死んだ。皆に連絡を済ませた父は車で連隊に向かって翌朝の召集時間に間に合った。

戦後、新しい教育制度が導入された時は極端な教師不足だった。父は畑を耕している人の所に行って「教員になってくれないかーい」と頼んで回った。資格があるのに家を守ることを強制された母が悔しがっていた一方で。

私、美千也は予定日を一か月遅れて生まれた。逆子で一日がかりの出産だった。祖母は毎日卵を割って私の頭になすりつけて「いい子になあれ、まあるくなあれ」と呪文《じゅもん》を唱えたという。

母の実家に父がリヤカーで母と私を迎えに行き、村の親戚《しんせき》が続々とやってきた。私の誕生日はおシャカ様の誕生日と同じ日だった。複数の人が、「おシャカ様みてえに死ななければいいが」と言ったのでとても張り合いが悪かった、と母は言った。その話をすると父は、「ああいう者の言うことを気にするな」と言った。近親結婚社会の人の反発だった。

母の泉は嫁に来る前は農業をしたことがなかった。最初の十年間は隣の町に住んで徐々に環境に慣れてから養父母と同居する条件だった。結婚式の六日後に義父が急死して反故《ほご》になった。急遽義母うしと同居することになった。一年後に夫が半年間の戦闘訓練に召集されて訓練明けで召集される予定の一週間前に第二次世界大戦が終わった。

昔は義父母と妙子三人で三反耕《たん》し、女二人は機織《はたお》りもしていたという。戦後は農地解放になって泉は九反の田畑を任された。休日は父も手伝ったが、春と秋の二回新潟から出稼ぎが来ていた。「いどうはん」と呼んでいたが、どういう漢字を当てるのかは知らない。毎年同じ村から同じ人を頼む家が多く、当然親戚に近い人間関係も生まれた。暇《ひま》な時に彼らは訪ね合ったり、半年ごとの慰安旅行もあった。村人と結婚する人もいた。妹の頼子がよく母の手伝いに来たのは八重の差し金だろう。頼子は妙子の長男正三と同い年だった。農繁期で頼子は私を、正三は弟雄三をおんぶして夕方になった。暗くなっても赤子の母親が帰って来ないので六年生の二人はワンワン泣いていたそうだ。

私は幼いころ、するめを食べる時にはいつも父に噛《か》んでもらってから食べた。私が「うん」と言って千切《ちぎ》ったするめを差し出すと、父は黙って取って口に入れて柔らかくしてから私に差し出した。お風呂に私を入れるのは父の役目で、私は両手をT字形にして洗ってもらった。

引揚者とその家族が多くの家に居候《いそうろう》していた。十年後には皆出て行った。大人も子どもも、ごやごやと暮らした。おとぎ話は泉からたくさん聞いた。市松人形を着せ替えたりあやとりも覚えた。いつしか平仮名《ひらがな》を覚えた。漫画を貸し借りして次々と読み回すのが流行《はや》っていた。いつからか村で保育園を作る話がもち上がっていた。

保育園

私は入園初日に四人の女の子に取り囲まれた。中の一人が、「あたいはね、あたいのことをあたいって言うんだよっ」と言うと「あたいもだよっ」と他の三人が続いた。一人は私より年が一歳下の仁子だが、三人に倣って私を睨みつけた。私は即座に自分をあたいと言うことにした。それまで遊び仲間が男ばかりだったせいで自分のことをおれと言っていた。村人たちはいつも寄合で村のことを決めていた。

村の主婦があまりに忙しすぎるので、学校に併設されている集会場を保育園として使うことになった。男女一人ずつの先生が小学校の本校近くの住居から自転車で通勤した。近接した南北の地区からも子どもたちが集団で登園してきた。北隣の村の敏子ちゃんはおじいさんから離れるのを嫌がって泣き止まなかったので、おじいさんがおんぶして毎日自転車で送迎していた。狭い和室に六十四人の園児を収容したのでいつも騒々しかった。女の先生はおとなしい性格だったので部屋の隅でじっとしていることが多かった。年輩の男の先生が声も大きくてよく通って、たいていの話をした。園児と追いかけっこの鬼をしてくれる時は、園児は皆沸き立った。先生が走ってくる方向で両手を広げてつかまろうと待っている子もいた。

幼稚園

一年経って、保育園は幼稚園に変わることになった。教育重視の幼稚園に変更すれば、補助金が出ると村の世話役が父母たちに説明した。

子どもは楽しい男の先生が来なくなったのががっかりだった。先生が二人とも入れ替わって北の数人の園児がいる地区から家田先生、近くの町から塚越先生が来た。塚越先生は職員室を小学教師と共同使用するのを嫌った。幼稚園部屋の奥には敷居《しきい》があって、障子《しょうじ》を入れると和室を大小の部屋に分離できるようになっていた。小さな部屋は集会がある時にお茶の準備をするためにしつらえたものだったが、幼稚園の先生の専用部屋となり、園児は入ってはいけないことになった。おかげで園児の居住地はかなり狭くなってしまった。

母泉は里帰りの日は電車からバスに乗る前にいつも支那《しな》そばを注文して私に分けてくれた。母は慣れない生活が大変で私を実家に預けようとした。責任を思うと荷が重いので、祖母八重は最初は断ったが結局は娘の頼みを聞いた。泉が二人目を妊娠《にんしん》したからだった。

梢が生まれる前の年の暮れ、四泊五日のお泊まりテストに私は合格した。以後何かにつけて母の実家で過ごした。母はみじめな姿を実家に見せたくなくて実家を遠ざけていた。私の送り迎えは主に祖父芳郎だった。

最初のお泊まりが明けて黒い大きな木戸の前の橋を渡ったら、母の従姉妹《いとこ》に「いくつ？」と聞かれ、手袋のままの指を四本出したら「お利口《りこう》ね」と褒められた。当時は数え年で計算した。吐く息がすぐ白くなる寒い日に芳郎の自転車で駅まで行った。妹頼子が何かにつけて姉の泉を手伝った。頼子は私と仲良しだった。よく映画に連れていってくれた。

私が八重の家に行くと毎日近所の子が何人も遊びに来た。私が学校に入る前でも六年生の子までが来ていた。家の裏には大きな池があって冬になると皆でスケートをした。大きな男の子が小さい子を見ていて氷の薄い所に行かせなかった。

夏は西の小川で毎晩のように線香花火をした。誰も意地悪などしない夢のような楽しい生活が十歳まで続いた。私は六歳の時に特に仲良しの良子ちゃん美樹ちゃんを我が家に強く誘い、二人は泊まりに来たがずっと緊張していた。濠《ほり》に囲まれた広い自然の中にある母の実家の環境と優しい大人たちがいたからあれほど楽しくて伸びのびできたことを、その時私は理解したのだった。優しい頼子は皆に字と計算を教えてくれた先生でもあった。

お金

そんな中で八重はお金に厳しかった。子どもたちは誘い合って村のよろずやに買物に行く。その時は必ず八重からお金をもらう約束だった。私自身はお金を持たされなかった。

八重がいないある日、良子ちゃんから、

「私が十円あげるから一緒にぬり絵を買いに行こう」

と言われた。私はためらったが、良子ちゃんが熱心に言ったのでその通りにした。その後、母の実家で二人でぬり絵を塗っていたら八重が来て、ぬり絵の代金十円について聞かれた。八重との約束を破った私が叱られていると、

「違うの、あたしがあげたの」

と良子ちゃんが私をかばった。八重は問答無用で何を言っても聞き入れず、良子ちゃんに十円を返した。良子ちゃんはとても顔を赤くして受け取った。今回だけは勘弁してくれていいだろうに。明日から絶対約束を守るから。

私はその後も不満が残った。小学五年のころだったか、私は「おばあさんは大好きだけど、一つだけ嫌なことがある」と言って事件のことを話したことがあった。話し終えた途端に八重がゲラゲラと笑いだした。笑われた悔しさで私は不覚にも涙を落としてしまった。そっと涙を拭いていたら、またもや八重がおかしがって、もっとけたたましく笑いだした。私は頭に来てしまった。

六年生の春に母の蚕の手伝いをしていた時だった。まだ小さい蚕を寒がらせないように室内で暖房をして飼っていた。蚕は畳《たたみ》のような形と大きさの四角い竹の板に載っていて、棚に幾枚も収められていた。出し入れは二人がいないとできない。母の手伝いをしている時、私はずっと母の話を聞くのが常だった。母が自分の母親のことを大好きと言った。私は八重に笑われてから日が

浅かったのでつい、

「おばあさんはそんなにいい人ではない」

と言った。母の手が止まって私をまじまじと見た。

「美千也はそう言うん？」

と言う母の目にじわっと涙が浮かんで目が赤くなった。私はその瞬間に後悔した。これほど孤独の人を今まで一度も見たことがなかったと思った。

違う。私がおばあさんに不満なのは十円のことだけだ。それ以外は全部おばあさんが大好きなのだ、お母さん。

しかし一度口から出た言葉を元に戻すことはできない。私は口には出さなかったけれど決心していた。私にできることは母に何でもしてやろう。

大人のだだっ子

うしが足踏みしたのは幼稚園の時にも見た。母の実家に一度うしが泊まった。母泉と私、梢、うしで八重の実家を訪問することになっていた。母の実家を出発して間もなく、突然うしが帰ると言いだした。困惑する母の前で「やだよやだよ」と言ってバタバタと足踏みして一人でバス停に向かってスタスタ歩いて帰ってしまった。訪問先で母は、

「あれ、一緒に来るんじゃなかったの？」

と聞かれた。母が事情を説明していた。

そのくせうしの身内は我が家にひっきりなしに訪れていたから母は大変だった。うしの弟夫婦はよく家に泊まったから、私たち子どもは特にお行儀《ぎょうぎ》よくしなければならなかった。

母の家には頼子がいるから私は楽しみだった。本当によく面倒を見てくれた。服を作ってくれたり私の友達とも一緒に遊んでくれた。頼子と一緒に見たある映画では、赤と青の眼鏡《めがね》を通すと野球のボールが私の眼を目がけて来た。眼がつぶれると思った。

妙子夫婦は七畝《せ》の本家の低地と、本家の北の低くない一反半の自分の土地を交換した。北の土地は妙子の家を建てる筈だった。本家の申し出に乗ったのは後々面倒を見ると言われたからだ。七畝の隣地には今の家を引家《ひきや》した。幼い私と雄三は二人で動く家に乗ってお祭り気分だった。太《たい》鼓《こ》のバチを叩く真似をして奇声をあげた。

後で妙子が我が家から何ももらわなかったと言ったことを知って、私の両親は気分が悪かった。七千円のお金は、両親が借りて祖父母の持ち金全額の三千円を足して妙子夫婦に渡したから。預金封鎖で人々はすさんだ。

ある日土間《どま》に立つ私に機織り中の妙子が、

「美千也は本当はもらいっ子なんだよ」

と言った。当時はそんなことを言ってからかい合う遊びが流行っていた。戦後で本当にもらわ

れて行った子が多かったからか。私は、

「え、違うよ。本当はおばちゃんのほうがもらいっ子だよ」

と言って帰って来てしまった。当時としてはありふれた会話だった。しばらくすると妙子が前掛けを顔に当ててワァーッと泣きながら我が家に走って来た。家にはうしと母がいた。うしに向かって妙子が、自分が養女だということをおばあさんがばらしたとうしを責め立てた。

私はあっけにとられていた。うしが私に、

「美千也、おらがいつそんなこと言ったか」

と言ったので私は、

「言ってなーい」

と言った。私は母と祖母の二人にこっぴどく叱られた。母の叱り方のほうがすごかった。母はとても渋い顔をしていた。妙子は満足したのか、泣き止んで帰って行った。うしが怒って、「妙子も何もあんなに騒がなくてもいいに」と言った。この時私は妙子が養女と知った。

私はものすごく不満だった。もらいっ子の話を始めたのはおばちゃんで、私はただおばちゃんが言ったように返しただけなのに。でもそのことは黙っていた。このころには大人は当てにならないと思うようになっていた。

父が養子であることもそのころ知った。ある夕暮れ時に、私は柴田洋子ちゃんとそのおばあさんの三人で歩いていた。洋子ちゃんのおばあさんが何を思ったのか、突然「みっちゃんの父ちゃんは養子」と言った。洋子ちゃんが「あっ、私、よ、う、し、って知ってる。ほんとう?」と言った。菊さんが「本当だよ。みっちゃんの父ちゃんは養子」と言った。当時は子どものいない家はたいてい養子を迎えていたようだ。女の子と男の子両方を育てた母親が一番偉いとも言われていたという。その時私は養子の意味をまだ知らなかった。

「父ちゃんはようし?」と家に帰ってからうしに聞いた。うしがきっと私を睨んで、すぐに「誰がそんなことを言った?」と怒った。その後うしは、「菊さんもそんなこと言わなくていいに」とブリブリしていた。その時私は、父の実母は東の二つ先の村に住むうしの妹であることを知った。妙子は数え六つでもらわれてきた。いつも妙子が「私はおばあさんの一人娘」と周囲に言っていたから意外だった。

うしは注意散漫で、煮物はほとんど焦《こ》がした。豆の煮物は下半分が真っ黒だった。子守りも当てにできないと母は感じていた。梢が歩けるようになってからは、私は母から梢の面倒をよく見るようにと言われていた。

私が幼稚園の年長になって間もない日の夕方だった。母は食事の仕度で忙しかった。私はずっと梢を目で追っていたが、急に鼻歌を歌いたくなって歌ってしまった。気分よく歌い続けているうちに梢から目を離してしまった。その瞬間に梢が庭の炊事場の水を溜める瓶《かめ》に逆さまに落ちてギャーッと大きな声をあげた。母がすぐに飛んで行って梢を引き上げた。私と祖母も飛んで行った。絣《かすり》の着物を尻はしょりして、余った髪の毛を頭の天辺《てっぺん》で赤い紐で結んだ梢は全身びしょ濡れだった。私は母にこっぴどく叱られた。ずっと後でこの時のことを振り返った母が「おばあさんは」と一言不満を漏らした時に、母は本当は私にではなく、祖母に怒っていることがわかった。

何を買っても高いとうしは文句を言った。梢はもっとおしゃれをしたかったので不満だった。鏡を見ていると背後をうしが通り過ぎてふふんと笑うのが嫌だったと言ったものだ。

うしは私を顎《あご》で使える走り使いと思っていた。夏は氷の引き売りが来るが、私に大きなボールを持たせて買いに行かせた。私が大きすぎると嫌がっても許さなかった。その日は氷売りのおじいさんに嫌みを言われた。予感が当たって恥ずかしかった。私は顔を赤らめた。

父方の祖母うしの妹、しまは優しかった。父の実家は子だくさんで、いとこもよく来たから、いつも賑《にぎ》やかで楽しかった。

うしは「おらのほうが先に死ぬんだから好きにさせろ」と言って勝手にした。真面目で成績もよい妹は、先生が親を説得して高等小学校に行った。姉は小学校四年までだ。妹は「困った」と無心に来る者に手持ちのお金を渡したので、家人はお金をもらいに来る人を追い払おうと見張っていた。

大家族なので嫁が妊娠すると毎日こっそりと嫁がわかる所に卵を置いた。姉は卵を飴《あめ》売りの飴と交換した。産婦人には味噌《みそ》がいいそうだ、と味噌のご飯だった母泉は出産ごとに奥歯が一本ずつ抜けた。

雄三の家とは反対の家の二男は大人になっていたやっちゃんだった。私が幼少のころやっちゃんはいつもレコードで「サンドイッチマン」の歌を聴いていた。とても大きな音で。
そして事件が起こった。

放火事件

それは幼稚園最後の冬の二月だった。三日前に降った雪が残っていた。私はいつも祖母のうしと同じ部屋に布団《ふとん》を並べて寝ていた。夜中の二時ごろ、隣の布団の上に立つ祖母が両親の名を連呼しながら慌てふためいていた。ばたばたと足踏みを続けて、手も振り回していた。北の雨戸の上半分が丸く光ってぱちぱちと音を立てている。襖《ふすま》を隔てた南隣の部屋で眠っていた両親と妹の梢も起きた。水は凍っていたが、残っていた雪をつかんで皆で火を消した。母が周りの家に知らせて回った。母は後で「年寄りがいるといいね。夜すぐに起きる。若い者ばかりだったら眠っていて起きなかっただろう。そしたら焼け死ぬ所だった」と言った。

その後、犯人は東隣の家のやっちゃんとわかり、逮捕された。やっちゃんの警察署での供述は驚くべきものだった。やっちゃんの友達が父にやっちゃんを悪く告げ口しているからというものだった。父は教師になって赴任《ふにん》したばかりの隣町の小学校で四年間同じ生徒を連続で担任した。年齢が近いこともあり兄弟のような関係になった。生徒が頻繁《ひんぱん》に家まで遊びに来るようになってその関係は終生続いた。やっちゃんの悪口を言う者は一人もいなかった。やっちゃんは父のクラスではなかった。

共同体

父は講談師のように話すのが得意で、話を聞きたがった他校の生徒までが聞きに来るようになったという。声が通ったので町音頭《おんど》をレコードに吹き込み、そのレコードをかけておばさんたちが踊った。私が幼児だった夏休みに父は学校から幻灯機《げんとうき》を借りてきたことがある。我が家は二晩村人で溢れた。かぐや姫ともう一本の二本立てだった。家が賑やかで楽しかった。

家庭も学校も時に耐えがたくなる。気晴らしや別の世界がないと困ってしまう。昔の生活は学校より村の比重が高かった。人々は村の人付き合いに気をつかう毎日だった。村は若い者の教育の場でもあった。江戸時代は寺子屋もあった。昔は村単位で税を負担したから、助け合い、教え合った。

学校の学芸会に匹敵《ひってき》する村の演芸会は毎年いっぱいの人だかりで賑やかだった。校庭に築いた舞台で村人が踊った。「赤城《あかぎ》の子守歌」では若い男性が本物の赤ちゃんを背負って踊った。大泣きする子も平気な子もいた。村の菓子屋が西瓜《すいか》を売った演芸会は一九六〇年ころには消滅したが。夏は毎晩、大人も子どもも校庭で盆踊りを踊った。村の旅行に家族全員で参加する家もあった。どうしても行きたいからと乳飲み子を抱えて泊まりがけの旅行に参加した嫁もいた。

誰かの家を建てる時は男たちが屋根を葺《ふ》いた。いつ誰に世話になるかもしれないから、普段から人をばかにしてはいけなかった。「人にしてもらったら同じ程度のことをしてお返しする」「お金で買えないものがたくさんある」が人間付き合いの基本だった。子どもがおつかいをするとよく駄賃をもらったので仕事で報酬を得ることも覚えた。ハレの日でない日のおしゃれは自重した。

大人は火の子、子どもは風の子だから基本的に子どもは外で遊んだ。夕方の赤とんぼや燕《つばめ》や渡る無数の雁《かり》、雀《すずめ》などの生き物がたくさんいた。烏《からす》は珍しかった。一度もいじめと仲間はずれを見たことがないのは、嫌になった子は家に帰ってしまったからだろう。子どもは遊び相手がいなくては困ることを知っていた。父母の実家に行っても従姉だけでなく近所の子どもとすぐに仲良く遊んだ。大きな子は小さな子の安全に気をつけた。

大人には戦前の家制度がまだ生きていた。女性がどうしてあれほど大変なのに頑張れたのかと戦後生まれは思う。体の弱い女性は医師から結婚を止められた話も聞いた。あのころのおばさんには威厳があった。子どもはおばさんのいうことを聞くものだった。けれど村のことで意見を聞かれると、どのおばさんの意見も「皆様なりに」が定番だった。

村の学校

村の小学校は一駅先に本校がある学校の分校だった。昭和二十二年生まれは全国では一番人口が多いそうだが、村では一番少なかった。普通一学年二十人を超えるのに、十六人しかいなかった。一つの教室に黒い衝立を立てて一、二年生が勉強した。東が教室、真ん中の南半分が小学校と保育園の先生の職員室、北側が用務員（当時は小使いさんと言った）一家の住居、西側が保育園で私のころは六十四人の園児がいた。

この校舎は戦後間もなく火事で焼失したのを村人の寄付で再建した。幼稚園の休日にはその教室は村の寄り合いに使った。校庭は夏の盆踊り、青年団の演芸会、プロの芸能（旅回りの歌舞伎を含む）会、青空映画会とフル回転だった。放課後は当然村の老若男女の遊び場と社交場になった。初老の人や中学生が妹や弟をおんぶしておしゃべりしていた。時々日中に消防団の訓練があった。

子どもたちはいつも騒がしかった。二郎は乱暴で人をいつも困らせた。子ども会がなぜか学校から独立していた。ラジオ体操はなかった代わりに夏の夕方には集団で火の用心の夜回りをした。子ども会では二郎はおとなしかった。

昔の学校

「くわいこはくわをくいてせいちょうす」と、蚕に桑を与えている時にうしが口ずさんだ。うしの通った小学校の試験は口頭試問だった。生徒は試験日には皆晴れ着を着て登校したという。

うしは見せ物を欠かさず見に行ったので、どこにでも出るという意味の「毒きのこ」というあだながついた。それを気にしたのか私をいろいろな所へ子守りの名目で連れ出した。お陰で見聞が広くなったから感謝しなければいけない。

嘘つき

幼稚園は元は集会場用の部屋だった。入口から入ると土間だった。履き物はそこで脱ぐ。当時の農家の造りのように和室は縁側くらいの高さで、和室の端に腰かけると丁度椅子に腰かけるのと同じ高さになった。土間の近くの和室の壁には大きな掛け時計があった。

ある時私は掛け時計の壁にぼんやりと寄りかかって立っていた。和室の土間側に近い所で鈴木美代ちゃんと並木八重子ちゃんがキャッキャと上になり下になりふざけていた。土間に近づきすぎてしまって二人は一緒に転げ落ちた。ワァーンと二人の大きな泣き声が響き渡り、塚越先生が飛んで来て聞いた。

「どうして落ちたの?」

するとどうしたはずみか、美代ちゃんが、

「美千也さんが突き落とした」

と言った。自分で落ちたとは恥ずかしくて言えなかったのか。私は驚いた。第一、私の位置は二人のいた場所から相当離れていた。ずっと動かずに立っていたから、二人を突き落とすのは不可能だった。私はやっていないと言った。すると先生はすぐ近くに立っていた豊子ちゃんに私が突き落とす場面を見たかと聞いた。豊子ちゃんが「見た」と言った。豊子ちゃんはお転婆《てんば》で嫌がらせ上手だったのに、塚越先生は「豊子ちゃんが言っている」と言った。

私は困って泣きだしてしまった。すると、

「自分がやったくせに泣いている」

と先生に言われた。先生の顔が意地悪でとても冷たく見えた。だんだん消極的になって話さなくなった私を心配して、泉が日本舞踊を習わせた。お行儀を覚えた。

このころの幼稚園では帰る前に動物のビスケット数個を全園児に配った。その後にきちんとお昼寝をした子にはもっと上等なビスケットを数個ずつ配った。二種類のビスケットが配り終わるまですべての園児は両手を膝《ひざ》の上に置かなければならなかった。ちゃんと昼寝をしたが褒美《ほうび》をもらえなかった悦子ちゃんがブスッと怒って動物ビスケットを取って机の下の手の中にしまったのを斜《なな》めの席から私は見ていた。先生が、「もらわなかったの?」と聞き、悦子ちゃんは黙って怒った顔で頷いた。先生は黙って悦子ちゃんの机に褒美のビスケットを置いた。悦ちゃんのはっきりした抗議に驚いた。一度も眠らなかった私に当然褒美は一度も来なかった。

皆、競って家の花を持って来て先生に褒められたがった。私も持って行ったが、仁子の兄に取られて捨てられた。気の強い安子が鉄棒を線で囲んで入場料におはじきを取ると宣言したら皆従った。多勢に従わないとはじかれる。やんちゃな子も皆従った。

村の中では、補助金をもらわないで保育園のままのほうがよかった、と言う人は多かった。お金をもらわなければ村で何でも決められる。村の都合でやり方を変えることもできる。なまじ少しでもお金をもらうといろいろ口を出されて面倒になってしまう。

子ども会バス旅行

父は「これからは理屈が言えなければだめだ」が口ぐせだった。うしが何かにつけて「じゅうくう言うな」と言ったのに、全く気にしないで済んだのは父のお陰だった。

しかし父自身はかなり周囲に気をつかっていたと思う。学のある人は滅多《めった》に声を荒《あら》らげたり粗野《そや》に振る舞ってはいけなかったから。

私が七歳の時に子ども会で東京見物のバス旅行を企画した。私と梢に父が付き添った。帰り道のバスの中ではうつらうつら居眠りをする人が出てきていて、父も居眠りしていた。一番後部座席にいた悪がき連中が突然私の悪口を一斉にはやし立てた。間もなく下品な歌に変わり、ますますそれは大きくなった。近くにいる大人たちは黙っていて注意しない。私は納得いかないが、子どもというのはこんなものだと思っているらしい。私たちは真ん中あたりの席だった。父がどう出るか、ドキドキした。あんなに大きな声で何人もで歌っているからには父に聞こえないはずがなかった。父の様子は変わらなかった。私はほっとしながら拍子抜けした。父が起きて奴らを制止したら何だか恥ずかしいと思った。

帰って来てから梢が言った。「あの時、父ちゃんにうっと思った」と。妹は父の態度に腹を立てていた。

子守り

車のない時代は子育ては楽だ。当時はどこの家でも祖父母が孫の子守りをしていた。おじいさんが毎日赤ん坊を背負っていた家もある。私は放課後の校庭でこの人と時々おしゃべりをした。当時は大体中学生の女の子が妹や弟をおんぶしていた。一日だけ五年生がおんぶしていたのはピンチヒッターだったのだろう。

小学二年夏に弟尚《ひさし》が生まれた。私は八歳になって日が浅かったが、夏休みが終わる前に尚をおんぶさせられて家の周囲を一周した。その時は嬉しかった。赤ちゃんをおんぶしてみたかったから。しかし学校が始まった後には私が帰宅すると同時に尚を背負わされる生活になってとても困った。私くらいの年齢の子は皆校庭を中心に遊んでいた。石けり、馬とび、鬼ごっこ、すもう、おはじきやメンコのゲーム、魚とりなど。私は遊びに加われなくなった。

二年生の担任の像形先生の赤ちゃんを毎日中学二年の里美ちゃんがおんぶして私たちの学校に

通った。里美ちゃんは下校後にアルバイトしている。小使い室を借りて先生が由香ちゃんに授乳する。子どもたちには楽しい時間だった。授乳が終わると里美ちゃんはまた由香ちゃんをおんぶして帰った。元兵士のおじさんが、子持ちが先生をするのを非難したが感じ悪かった。

そのころ遊びたい盛りの私は一度こっそりと尚を子守りしないで家を抜け出したことがあった。遊びから帰って家の陰からそうっと様子を窺った途端に、縁側で里芋の皮をむいていたうしと目が合った。尚は眠っているようだ。うしが持っている包丁を高く振り上げて私の方向に走ってきた。私は慌てて逃げだした。うしが私に追いつきそうで必死に逃げた。家の北の道に出るとうしはもう追いかけて来なかった。その日は母が帰って来る時間までは帰らないことにしたので帰宅は夕暮れだった。私もうしも昼の出来事を口にすることはなく素知らぬふりをしていた。この時私が学んだことは、子どもの子守りは大変なので大人でもしたくないという真実だった。

うしはできる限り子守りをしたくなかった。私はある時「子守りをしたくない」とはっきり言った。うしが私を叩こうとして、私は叩かれまいと抵抗した。うしと弟と私以外に人はいない。年寄りは大事にしなければいけない、年寄りの言うことは何でも聞かなければいけない、という決まりは当時は今より厳しく言われていた。とりわけ母からは。

この出来事の最中に、北のほうの十沢夫人が家の裏の道を通りかかっていたことを私は後で妙子から聞いた。十沢夫人は妙子に、「先生の家の子があんなことをするとは思わなかった」と言ったので、妙子は得意気に私を叱った。私は神妙にしていたが、心の中では妙子を無視していた。

町村合併

小学校三年生で私たち分校の生徒十六人は全員隣の町の小学校に通うことになった。隣の町とは言っても本校のあった村の駅より私の地区からは一駅手前の近い所にある。二年前まで大きく揉《も》めていた合併問題に決着がつき、正式に合併するまでの間、私たちは将来合併する町の学校に委託児童として通学することになったのだとは後になって知った。

町の学校に子どもを通わせることについて私の村の親たちはとても心配した。

「まま子のように扱われていじめられる」

それに対して委託先の学校に勤務している父は、

「なあに子どもはすぐに慣れる。心配することはない」

と一蹴《いっしゅう》して笑っていたが、村人は違った。

そのころは合併賛成派と反対派の深刻な対立があったようだ。母は、本校近くに住むある男性から、「いざという時のために持っている」とポケットから匕首《あいくち》を見せられて怖くなったと話していた。本校のある地区は中心の道路を境《さかい》にそれぞれ隣の町に吸収されていった。

その時以来、本校のあたりの神社と寺を中心にした盛大なお祭りがぱたりと姿を消した。夏のお祇園《ぎおん》祭りだけでなく、暮れのお祭りもラジオの中継放送も消えた。「今十七万人の人が出ています」というラジオの声。べったりと延《の》ばしたうどんの生地《きじ》みたいな、粉だらけの八坂飴を大きな包丁で切り分けて売っていた屋台。子どもからしてもあまりおいしいとは思えなかった、今の七五三《しちごさん》の飴によく似た味。

それまでの給食は臭い脱脂粉乳か砂の多いヒジキだったが、新しい学校ではパン付き完全給食になった。

いじめの始まり

小学三年生となってとりあえずは新しい学校とクラスに慣れてきた。一週間目の校庭での授業が終わった時、私のクラスの下駄箱のある昇降口の掃除が始まっていた。四年の雄三のクラスが担当していた。

突然、いくつもの濡れ雑巾が私をめがけて投げつけられた。同時に何本ものしゅろの箒の乱打に襲われた。靴も取られそうになり、なんとか守るのが精いっぱいだった。誰も助けなかった。見ても素通りして行った。

この日からこのグループのメンバーにしつこくつけ狙われることになった。隣の雄三のクラスの者だった。雄三のクラスには私をいじめる男子が続出した。

私が、祖母と母と一緒にお祭りに行くことが決まった時はとても嫌だった。母は弟をおんぶしていた。いじめっ子に気づかれないように人陰に隠れて歩いていたが、とうとう雄三のクラスの一人に気づかれてしまった。私に近づいて「ミッコ」と言い放ち、ニヤリと笑って遠ざかって行った。手を上げなかったりあまり大きな声を出さなかったのは、私が大人の家族と一緒だったからだろう。別の一人も私に気づいて同じことをした。二人別々に来ただけだったので、母も祖母も気にしていない様子にほっとした。

私がどうしてこんなにいじめられるのか、その理由を知ったのは四年生の時だった。村の道で雄三の同級の男子三人に捕まった。親分は沢村春子の兄で通称けん坊だった。私に向かって、

「雄三と変なこと（その時の言葉は忘れた）をしているだろう」

と言い、私は怒って、

「そんなことしていない」

と言った。すると親分の沢村憲次が、

「よし、雄三を連れて来い」

と言うと、子分がどこかに姿を消してほどなく本当に雄三を連れてきた。憲次が、

「この前言った通りのことを言え」

と言うと、雄三がニヤニヤ照れ笑いを浮かべて、

「俺が寝ていると上にあがってくるんだ」

と言ったのでびっくりした。

いつ私がそんなことをしたのだ。一度もしていない。雄三に対する激しい怒り。だが今何をしても無駄だった。とうとう私は実行犯にされてしまい、奴らにやっと解放された。

しかしこれでいじめの原因がわかった。それまで私はどうして一年上の男たちのいじめの標的になるのか理由がわからないでいた。雄三が震源だった。私は何も悪くはない。

彼らに何もしていない自分がこれほどいじめられるのはなぜか。仕返しもしないで懸命に我慢してやり過ごしているのに彼らは執拗《しつよう》に私を追いかけて来る。この暗澹《あんたん》とした気分がこの人たちの住む世界にいる限りずっと続くと思い詰めていた。その中でこの事件は起こった。事情が明確になって私は今までの苦しみから解放されていた。この時私は十歳だった。

「子どもは〝つ〟が付くうち（一つ、二つ……と数える年齢）はダメですね」と言われるが、その時私は〝つ〟を卒業していた。周りの勢いに合わせて良いことと悪いことが当然に決まる人生から居所を移しつつあった。

雄三が行く所には必ず大勢の私の敵が出現した。それは中学校に入ってからも続き、毎朝登校するたびに大勢の男子たちの嘲りの前を、はち切れそうな怒りを押し込めた私がそ知らぬふりで通り過ぎる日々が続いた。これ以上奴らの好奇心を刺激しないために。それを見ている者は全員見て見ぬふりをしていた。

小学二年では、家に帰ってから私が首の座らない尚をおんぶしていると悪がきが悪態をついた。悪がきは皆男子だった。悪態だけならまだしも、手出しされそうな時は怖かった。尚を背負っていては走れない。

そういうある日、尚をおんぶした私は泣きながら家に逃げ帰った。家にいたうしが血相を変えた。すぐさま私の手を引いていじめられた現場に向かった。そして「おらちの子を泣かしたのはどこのどいつだ」と真っ赤な顔で悪がきをどやしつけた。二郎が、

「おれは知らねえよ」

と張本人なのに嘯《うそぶ》いた。他の者も皆二郎に倣った。皆おどおどしていた。

うしはぷんぷんして私の手を引いて引き返した。うしがあれほど怒って私をかばったことはあの一回だけだった。その理由を私はよくわかっていた。私が子守りをしなければうしが子守りをすることになるからだ。けれどもこの時私は乱暴者に対する振る舞い方を学んだように思う。私の両親は村の教養人として、そうすることは決して許されなかったけれども。

いじめに対する処罰感情

私は四年生で十歳だった。下校で家路への田圃《たんぼ》道を一人で無意識に歩いていた時にそれは起こった。

「敵に一度でいい。反撃できれば何もいらない」というおなかの底から湧き上がる声。

自分自身が心底驚いていた。それが私の本心だと気がついた瞬間だった。私だけに聞こえて他

人には聞こえない声。そのことを誰かに話したことはなかった。

町の学校

村が隣の町と二年後に合併することが決まったので村の子は委託児童として町の学校に通った。新しい多くの友達が我が家に遊びに来た。町村合併の明るい面だった。

「幾園さんの家はちらかっているよ」と皆に言いふらしたのは一番初めに遊びに来た細田さんだった。細田さんに連れられて細田さんの家に行った時、細田さんのお母さんは窓から私をチラリと見て、「幾園さん?」と言っただけだった。家は閉めたままで私たちは家の周囲を一回まわった。私は細田さんを我が家の中に入れたのに、私は中に入れないので拍子抜けした。

カンニング

細田さんの仲良しに大木沙恵さんがいたので三人で遊ぶことが多くなった。ある放課後に教室の中には私たち三人しかいなかった。細田さんが急に、明日の音楽のテストの答えを見ようと言った。私と大木さんがそんなことできないと言うと、細田さんはできると言った。

「あの戸棚の中に答えがしまってある」と言って細田さんが紙を取り出してきた。それは本当に明日のテストの解答だった。私たちはノートを出して答えを書き写すことになったが、私がわからなかったのはただ一つだけだった。『問、次の記号は何ですか？　答、シャープ』で、他の九問の答えは知っているものばかりだ。

翌日のテストでは私が百点、二人は九十点だった。カンニングしたのにどうして九十点を取るのか。この事件の後、私は細田さんから遠ざかった。

学年が進んで四年生になって、私が学級委員長に選出された直後に、細田さんと大木さんのお母さんが学校にねじ込んだ。細田夫人が担任の先生に、「委託児童を委員長にしていいのか」と詰め寄った。先生が、生徒が選んだのだからと取り合わなかったので二人は帰ったという。町村合併が引き起こしたトラブルだった。

お金の話

その後細田夫人は保険の外交員に転身して我が家に営業に来た。座敷にデンと座って堂々としていたので図々しい人と思った。

細田さんのお父さんは高等学校の先生だった。子どもだった私は小学校の教師の父より、高度の学問を教える高等学校の先生たる細田さんのお父さんのほうが偉いと思っていた。

父は退職してから信託銀行に勤めた。二年経って、銀行が何度も慰留したのに頑《がん》として聞かずに辞めた。一日おきの勤務では旅行もできないから、と言って。

父が細田さんのお父さんに営業に行ったことを知ったのは、五十代になって同窓会で細田さんが私に話したからだった。私は、細田さんのお母さんが保険の外交で我が家に上がり込んでいたから、父が仕返ししてくれて気分がよかった。

細田さんの話では、彼女のお父さんが、「校長先生があんなことしてるんだからなあ」と言ったという。細田さんもお父さんと同意見で、私の父を非難していた。

お金のことを言うと嫌われる場面は確かにある。かつて村の和尚《おしょう》さんが、誠実な人には一万円でも法事を引き受ける、と言ったことがあったそうだ。お寺をもっと大事にしてほしいという文脈内でのことだったらしいが。それを聞いた人々は、あんなふうにカネのことを言う坊主はだめだと悪口を言った。もともと江戸時代には幕府が寺にお金を支給した。寺は戸籍、教育、法事など多くを引き受けた。子どもの名前をつけてもらう人も多かった。明治以後は支給金がなくなったから以前のようなことはできない。しかし人々の意識はすぐには変わらない。昔の感覚で言ったり振る舞ったりするのだろうか。

叔父敬は私の父卓と二十年離れていた。彼は父と同じような職業経歴だったが、兄とは違って軽々と過ごしていたように見える。時代のせいだろう。

本屋さん

私は父がとても嫌った私の行動を思い出す。なぜあれほど父が嫌ったのか今はわかる。自分も家族も非難される。けれども小学生の私は古本を売ってみたくて仕方なかった。村出身の青年文太さんが戦後に自転車で古本を積んで村に現れた。活字に飢《う》えていた人々は競って買った。婦人月刊誌もあった。一か月遅れで手に入ると聞いたので母も次号を注文した。

次号は確かに来たが、家に帰って見たら表紙だけが注文通りで中味は全く違った。次に来た時に苦情を言ったら、文太さんは「あれ、そう?」と誤魔化《ごまか》して終わりだった。この話がとてもおもしろかった。古本売りへの心理的ハードルも下がった。

ついに決行することにした私は自転車に本を積み、小学六年の秋の晴れた日に梢と北の村に向かった。一冊五円から三十円くらいの値段にした。数人の子どもが集まって来て、持って行った本の半分近くが売れた所で引き返した。

夜になってこの話をしたら母がおもしろがってげらげら笑った。いくら売れたか聞かれて金額を答えた。その時初めて知ったのだが、梢は知らない女の子から新聞紙で包んだ数個の卵を差し出されたのだという。私は他の子たちとずっと話していたので全く気がつかなかった。「いつ?」と聞いて、その時を梢に説明されても思い当たらなかった。梢は貧乏人だからと哀れに思われたのが嫌だったようだ。頂いた卵を近くの草むらにそっと置いてきたという。母がやはりげらげら

笑って、

「もらってくればよかったのに。せっかくくださったものなのに」

と言い、梢は、

「やあだ」

と言った。

祖母も母と同じ意見だったが父だけ違った。「そういうことはやめろよ」と繰り返した。私が「どうして?」と聞いても、「いいからやめとけよ」と言ったのだった。

実は一度経験したので私は満足していた。続けてやる気はなかったのだ。細田さんの話しぶりからすれば私の行動は父にとって恐怖だったことだろう。一度でやめたからよかった。二度三度と同じことをしたら必ずや評判になって父は窮地《きゅうち》に陥ったことだろう。

文化摩擦

新しい学校では男の子を君《くん》づけ、女の子をさんづけで呼んだ。近くに進出した電機会社の社長が、女の子が男の子を君づけしていることに驚いていたが何でもないのである。関西では目下に君づけするから驚いたらしいが。

私は小学二年生まで誰にでもさんづけする習慣だったが男の子にさんづけしたら皆に笑われた

ので君づけに訂正した。

そのうち学級委員の選挙になった。委員長は染谷君、何でもお兄さんが頭が良くて有名なのだという。副委員長に私が選ばれた理由は、この学校に勤めている教師の子だからだった。不思議なのは、委員長には男の名前、副委員長には女の名前を書くものとの暗黙の合意がクラスの中にあったことだ。これらすべての習慣に私は違和感を持った。習慣の衝突だったのか。四年生の選挙で私は提案した。「委員長と副委員長を別々に投票するのではなくて、一人だけ名前を書いて投票し、一番票数の多い人が委員長、二番目の人が副委員長としたらどうか」と。

名前を書く回数が一回で済むせいか、私の意見は賛成多数で採用された。ずっと後で福原君に言われたことは、「俺は絶対に忘れねえ。あの時、一票差でおめえが委員長、俺が副委員長になった」だった。

結婚する人々

私が小学五年生の時、隣の正三に嫁が来て、次の春には母泉の妹頼子が嫁に行き、秋には泉の実家の弟隆二に嫁が来た。頼子の嫁ぎ先は商家でゆっくり里帰りはできなかった。そのうち頼子がもう実家には来ないと言った。実家の兄嫁は勤め人で周囲に気兼ねなく外出できるのを見ると羨ましくなるからと言った。若い嫁の発言権が強くなっていった。

うしは昔の生活にこだわった。教育が声高に叫ばれる世の中になっても「三つ子《みつご》の魂百までと言うがっ」と言い張った。農業の法律が変わったと聞いたうしは一瞬おし黙ったが、「お上《かみ》が百姓《ひゃくしょう》をばかにしてるんだがっ」と言った後すぐに「憎《にき》いよォ」と顔を真っ赤にして泣いた。父が「そんなこと言うもんじゃない」と言い、母もうしをなだめていた。近所のおじさんが「これなら戦争の時のほうがよかった」と言った。彼はモンゴルに抑留された元兵士だった。

昔の電車の中で隣り合った人々がすぐにおしゃべりを始めた光景は少なくなってきた。生活様式が似ていたからすぐに友達になれて、何げないおしゃべりでも気が紛《まぎ》れたり困り事の解決のヒントも与えられたことだろう。こまごまとした困り事に囲まれて私たちは生きている。人の話をまず聞きなさい、と教えられたのは、自分の話も聞いてもらうために先に義務を果たせということだろう。人はまず自分の困り事や言い分を聞いてほしいから、まず親身になって聞いた後で自分も聞いてもらえ、と口すっぱく諭《さと》された。

生活様式が違う者だと相手の気持ちを理解できない。違う世界に住む相手に聞いてもらえる人は少ない。

トラブル

私は五年生だった。村に住む同級生の照子ちゃんと我が家の庭で宿題の紙人形を作っていた時

だった。ぬらした新聞紙を固めるのに布海苔《ふのり》を使おうとした時に少し離れた所のうしが、

「布海苔だにぃ」

と大声を出した。これは必要だからと言うと、

「やだよ、やだよっ」

と足踏みして私たちから布海苔を取り上げてしまった。仕方なく私たちはもう一度薬局で布海苔を買って来て祖母のいない所で作業した。

「ごめんね」

「年寄りはしょうがないよ」

照ちゃんは慰めてくれた。情けなかった。

私が思ったままのことを言おうとする時、母にいつも「そういうことを言うと相手が気にするでしょ」とたしなめられた。母も実母からそうされたのだそうだ。けれども私の周りの者はそんな気づかいをせずに思ったままをズケズケ言う人が多かった。だから私はそういう相手と母が一度でいいから正面衝突してもらいたかった。

そのチャンスは一度はあった。私が小学五年生、梢が小学二年生だった。母がうしのために茶羽織風の上衣を仕立ててあげた。近くに住むうしの姪《めい》の高子がそれを見て「紐の着け方が間違っている」と言った。うしは血相を変えて家に戻り、母にその通りを言った。高子は実科女学校を卒業した。学校で実生活に役立つ一通りのことを学んだ。その学校は、隣の県からお駕籠《かご》に乗っ

て嫁いで来たお姫様が自分の持参金で建てた学校だった。「男の子は親と暮らすから勉強しなくていい。女の子は勉強して知恵をつける必要がある」という呼びかけに応えて近隣の大勢の少女が入学して学んだ。

一方母はそれよりはレベルの高い女学校を卒業した後、別の女学校の専攻科で一年学んだ後に東京の女子専門学校で学んだ。母の紐の留め方は初歩のやり方よりグレードの高い方法だった。一つの方法だけが正しいと信じていた高子がその方法は間違いだと非難し、それを鵜呑《うの》みにしたうしに対して珍しく母の泉が怒った。「もう作らない」と言ったので、いつもは気の強いうしがオロオロする様子は見ていて楽しい光景だった。

ところがしばらくして妹の梢が白地に紺の水玉模様の安価な布地を買ってきた。梢は手でブッブッと筒形に縫って片方の口にゴムを入れた。「スカート」と言ってうしにプレゼントしたのでうしは喜んで穿《は》いた。人に聞かれると「梢が作ってくれたんだよ」と自慢した。母も苦笑いしてうしと仲直りした。

梢のせいでたった一度の母と高子の対決のチャンスが消えてしまった。私は梢の行動が腹立たしかった。私から見れば漁夫《ぎょふ》の利を得た梢だったが、梢自身は心から祖母思いで母の気分を和《やわ》らげた孝行な孫と思っていた。

母が「家の中で美千也だけが違うみたい」と言ったことがある。

嫁のつらさ

中学二年生で父の実母しまが急死した。一方で八重が入院したので母が見舞いに行った。高子と義母菊の家は接していたが、菊が「泉さんは嫁にもらった身なのだから病院などに見舞いに行かせなくてよい」と言った。心強い味方を得たとばかりにうしがその通りに母に言った。母が私に「菊さんて冷たい人と思った」と言った。

嫁ぎ先からいつかは逃げ出そうと思っていた母は、私が中学生のころには「このままでいいかな」と思ったそうだ。私が六年生初めに心を入れ替えてできる限り母を手伝ったせいかもしれないと思った。

高子が戦争未亡人だったので周囲は気をつかっていたようだ。遺児の都は秀才だったから高子たちにとって希望の星だった。成績がよいのを親戚じゅうで自慢した。都が床の間《とこのま》で勉強しているので私は本当にびっくりした。我が家では床の間に足で乗ってはいけないときつく言い渡されていた。

母の実父の芳郎は都の通う女子高校に事務職員として勤務していた。「昔は校長先生だったんだって。哀れね」と友達と笑ったという。私にわざわざそういう話をする気が知れなかった。母子の会話の一端が想像できた。蚕の保険に入っていない我が家に、保険に入っていた高子が、我が家の空《から》の牛小屋に繭を隠したことを娘には言わないのだろうと思った。うしでさえ嫌がったのに強引に置いていった。母は困惑した顔で黙っていた。

人は高く昇りたい気持ちがある一方で他者を引きずり降ろしたい衝動がある。私にも。

祖母のうしがその日も横暴だった。ある晩に、

「この家はみんなおらのもんだ。みんな出て行け」

と言った。母が皆の前で初めてワッと泣いたので私も梢もびっくりして立っていた。父が私たちに寝るように促したので私たち姉妹はその場を離れた。母が「もうやりきれない。とうちゃん（実家に）帰してください」と言った。私はなぜ「帰る」と断言しないのかと不満だったが、翌朝家族は何もなかったような顔をしていた。

学校嫌い

六年生の初夏の暑い日の放課後に校庭の端から校庭全体を見渡した。普段はたくさんの生徒が好きずきに遊んでいるのに暑すぎるせいで私一人しかいないようだ。急に喉が渇いて水が飲みたくてたまらなくなった。校舎の中の水道は遠い。すぐ近くに水が出る井戸のポンプがある。そのころはどの学校にもある足の洗い場だった。便所が近いので気になったが水を飲んだ。一週間後にこのポンプに注意書きが掛けられた。それには「回虫がいるので飲まないでください」とあったのでぎょっとして嫌な気分だった。

それからしばらくして恒例の検便があった。私に初めて陽性のしるしが出た。結果を配った日に担任の伴先生が「家庭に一人でも回虫がいる家は家族全員に回虫がいる。なぜなら同じものを食べているからだ」と言った。私のせいで家族全員が汚染されてしまったことにされた。両親と家族に申し訳なかった。同じ小学校に通う三年下の妹は陰性で回虫はいなかった。普通なら先生に事情を話して先生の説が必ずしもあてはまらないことがあると訴えたはずだが黙っていた。この人は決めつける人だと思う事件が六年生の始めにあった。

五年生のクラスの担任が「授業中に眠っても構わない。他の子の邪魔にならないから」と言った。お陰で家に帰ってから存分に読書できた。この先生はよかった。課題を済ませた子は外で遊んでいいと言ってくれたことがあった。たった一度だけれども遊べてとても嬉しかった。いつもはじっと待っていなければならない。五年の前期は町村合併のせいで隣の学校の生徒が来たから一クラス七十人近くになった。彼らは二学期に出来たての校舎に移ったから一クラス五十三人に戻った。学年が変わるごとに組がえになるのが恒例だが、この年は違った。二学期にも組がえがあったが担任は偶然一学期と同じだった。

六年生になった。担任が変わってもやり方は変わらないだろうと思ったのが大間違いだった。五年生の時のくせで机に突っ伏して寝ていたら突然先生の大声が響いた。

「幾園、顔を洗ってこい」

青天の霹靂。むっとする気持ちを抑えて二階の教室を出た。一階の渡り廊下の水道に行って顔を洗った。校庭では他のクラスが体育の授業中だったので少し見学してちょっと憂《う》さ晴らしをした。眠られても仕方ないつまらない授業なのに、などと思う。私は五組だが一組が羨ましかった。生徒を一人前扱いする担任だから生徒がのびのびしていた。

伴先生は満州の軍隊で鼻汁がすぐにつららになる寒さと馬賊《ばぞく》が出る話をした。兵隊さんは大変だと思った。伴先生の話は世界的だった。アメリカに輸出した日本の魚の缶詰に石ばかり入っていたという話はびっくりだった。「前は全体主義だったから悪い。全体主義の反対は個人主義」とも言った。全体主義という言葉を初めて知った。ただ「生徒が学校に行かないと親が牢屋《ろうや》に入る」という話には震え上がった。知恵がつくと思うから嫌いな学校でも仕方なく来ているのにそんな罰則があるとは。あんなことを生徒に言うのは犯罪的だと思えるようになった時は大人になっていた。

一学期の通知表が来た。家庭への通信欄には「彼女が成績がいいのは当然だ。家庭環境のよさがもたらしたもので本人の努力ではない」とあった。母と祖母が呆れていた。私が六年生になったとたんに自発的に忙しい母の手伝いを猛然と始めていた。眠くても手伝うこともよくあった。私が何を書かれても気にならなかったのは、伴先生は冷たい人だと思っていたからだ。助け合いをしなさいと生徒に言うのに、先生の行動はそうでもなかった。クラスで乱暴をはたらく男子を止めないし注意もしないから、特に掃除は荒れて怖かった。隣のクラスは担任をばかにしていつも授業が大荒れだったのに、それには全く関心を示さず窮状を見殺しにした。

隣のクラスの担任は夏休み明けから変わった。隣のクラスは静かになった。元の担任は山の学校に転勤したそうだ。私はだんだん神経質になって手を何度も洗ったりするようになった。鼻がいつも詰まっている感じもした。

夏休みになってサントニンという虫下しを飲んだ日は世界が真っ黄色に見えた。虫はいなくなった。回虫は退治された。

学校で眠ることができなくなった私はゆっくり読書ができなくなった。つまらない学校の日々を耐えて過ごすだけの一年。授業の中で覚えているのは小野東風の話くらいだ。柳の枝に何度も飛びつく蛙を見て自分の努力の足りなさを反省、猛烈に練習して偉大な書家になった。先生は生徒に努力の大切さを教えたかったが、書家になる気がない私にはつまらない話だった。伴先生が自分の授業中に眠りこけているような生徒を絶対に許さなかったのは自分がばかにされていると思ったからか。教育は洗脳か。よい教師とは異説の生徒を認める教師だろう。

第一回の同窓会で、六年生の旅行のしおり作りで私に嘘を言って早く帰ってしまったと謝ってくれたのは一緒に学級委員をした安川君だった。私はとてもよく覚えている。安川君が風邪《かぜ》をひいたと言って私が嘘と知りながら帰るのを認めたこと。がっかりしている私に浜中さんと秋山さんが呼びに来た時、安川君の嘘の衝撃を受けたばかりの私は思わず両手で耳を塞《ふさ》いだ。二人とも怒って、いいよ先生に言いつけてやるからと、捨て台詞を吐いて行ってしまった。その後私はしおり作りをしたのだったが。旅行では右太腿《ふともも》の痛みを口に出さずに先導係をしたので楽しくなかった。帰ってから父が大量の膿《うみ》を私の太腿から絞り出した。だから安川君の数十年後の謝罪は私の心を温かくした。

子どもは先生が好きになると驚くほど伸びる。しかし子どもは先生を選べない。私の出身女子高校の三年上の三年のクラスは、担任を嫌ってストライキを起こした。担任はかわった。高校三年から内申制度になった私たちは高校一年の始めからストライキする生徒を目にすることがなかった。

義務教育で気になったこと

伴先生は自分が正しいなら敵が千万いても立ち向かう諺《ことわざ》を話した。これは雨森先生も同様だった。体育を重要視していた雨森先生は「健康な体に健全な精神が宿ると言いますが」と皆の前で何度も説教して自分が健全な精神の持ち主であるとアピールした。私はそうは思わなかったので不満だった。後でその話には続きがあって、「宿ってほしいが現実ではその反対が多いので残念だ」と続くと知る。心から安心した。

この二人の元軍人はよく「客観的になれ」と言った。客観的の例として必ずガリレオ・ガリレイの地動説の話をするのだった。天動説を猛烈に攻撃した。二人ともその話をする時は自分がガリレオみたいだった。

嬉しい後日談があった。現代では天動説も地動説も両方認められている。立地点の違いの問題だそうだ。二人に教えたいものだ。

戦争と平和

六年生の国語のテストでは忘れられない設問があった。上と下に分かれている言葉の反対語を線で結べとあった。最後に上に戦争、下に平和が残った。私は結びたくなかったが満点にするために結んで満点を獲得した。私の違和感はローマの平和の定義によって解決した。それは休戦協定を意味するものだった。

雨森先生が「ローマは一日にして成らず」と何度も言った。

戦争にならないように、我々は休戦協定の結び方を常に研究しなければならない。戦争学は貴族の学問であった。身分なき平等時代には誰もが戦争にならないための戦争学を学ばなければいけなくなったかもしれない。

Ⅳ　高校

がっかりの連続

始めの一週間はクラブのオリエンテーションと「われら本校生としていかに生くべきか」という気の抜けたタイトルのシンポジウムが続いた。「制服」のシンポジウムでは「本校では目標とすべき標準服はあっても制服はない」ということを知った。

去年勉強しなかったから高校ではしっかり勉強しようと思った。けれど通学し始めてすぐに難問に直面した。とにかく朝早く起きなければならないのが苦痛だ。駅までいつも走った。満員の私鉄で三駅先の終点で満員の蒸気機関車に乗り換える。デッキが人気だったが直径一センチほどの石炭粒が飛んでくることもあった。泣きたい気分で一週間を過ごす。二週間経つと少し慣れてきた。一か月経つと平気になった。慣れとはすごいものだ。通学に時間は取られるものの生徒の一人として学級のためにできることはしようと学級委員を引き受けた。この役なら夕食に間に合う時間に帰宅できる。

母の妹の頼子は私と仲良しだったが高校のある駅近くに嫁いでいた。母は時々自分の採った野菜を私に届けさせた。

教室で驚いたのは、隣に並んだ人がどんな授業も無視して小説を読んでいたことだ。「サガンは十代で小説を書いた。この年になった私はあせる」と言った。それほどはっきりとした目標があるなら、義務教育でない高校になど進学しないで小説を書いたほうがいいのではと思ったりした。「大学に行くと年を取りすぎるから短大に行く」と言い切る人もいた。

毎日パン屋さんが来たので昼食前から食べ始める人がかなりいた。ソースの匂いが充満した教室で授業を受けることもあった。二人が机をグラグラ揺らしてゲラゲラ笑っている所を見た時には、人間集団はどこに行ってもあまり変わらないようだと思った。才媛《さいえん》の学校という感じではない。

去年机を揺らして音を立てていた男子は勉強嫌いで進学しなかった。先日、駅で自分の定期券を黙って私に見せた。十八歳と表示してあった。二歳もサバをよんでいた。

この学校に退廃を感じた。私はこの学校ではあまり利口にならない感じがした。強すぎる勉強は私の大切な直観を鈍らせる感じさえした。この感情と勉学の間で引き裂かれる感じさえするのだ。三か月も経つと退学したくなった。が我慢した。進学できるだけでも贅沢だという当時の社会のきつい空気があった。そんなことを私が口にした途端に周囲が大騒ぎする情景が目に浮かんだ。大騒ぎに自分が巻き込まれる状態は耐えられなかった。私個人の問題だからとひっそりと学校を去ることはできない。その問題は二年後のクラスメイトの事件で顕在化する。なお高校一年生の退学は十年後から徐々に増加した。

まだ十六歳なのに急に七十二歳まで老《ふ》け込んだ感じがした。なぜ七十二歳なのかはわからなかった。私のような平凡な人間が物事を理解するのにはそれくらい長い時間がかかるということか。一番怖いものは時間と聞いたことがある。

一年の教室ではダニが発生した。このころ、学校の中を自発的にもくもくと掃除して回る二年生の数人のグループが現れた。学校を清潔にする運動を広めたかったようだが賛同者は増えなかった。校舎が古いので徐々に建て替えが始まっていた。数年で新しくなり、茶室までできたという。私たち団塊は最も文化的でない時代の教育を受けたのだろうか。

市内の高校間では放課後に多くの交流があった。たいていはシンポジウムを通じてだが、読書会、クラスごとの他校との交換会、数校で一つの劇をすることもあった。シンポジウムでは農業高校の生徒の発言に図抜けてリアリティがあった。

変身

高校に入って間もないころだった。学校帰りの私は駅から降りて一人家路を急いでいた。駅から西へ線路沿いに歩き踏切を渡ると、北には両側に桑畑がある。桑畑を約百メートル過ぎると田圃に出るが、それから数分歩けば我が家のある集落にたどり着く。中ほどの小川を渡った時に後ろから来たバイクが私の横で止まった。バイクをふかしながら二郎が「持って行ってやるよっ」と言って私の鞄《かばん》を奪おうとした。私が「いいよっ」と鞄を抱えたので一瞬揉み合いになった。結局二郎が鞄を奪ってバイクで走って行ってしまった。不安な気分で帰宅すると鞄があった。嫌な学校から解放されたので二郎は優しくなったのか。

このころ私は、二郎がやんちゃすぎるという理由で保育園入園を許可されなかったことを知った。行きたい子どもは全員受け入れるとばかり思っていたので意外だった。そのことが関係あるかどうかはわからないが、二郎は成績のよい女子を標的にする所があった。学校ではケンカの強い者とスポーツの得意な者と成績がよい者が幅をきかすが、勉強ができる女子が一番標的にしやすかったのかもしれない。

私を思いもよらない感覚が襲っていた。

自分が猛スピードでブラックホールに吸い寄せられている。あと一瞬でアウトという所で猛然と反対運動を始めた。最後は無数の破片に砕《くだ》け散って宇宙の空間に漂っている。自分を取り戻すためにはその断片を一つひとつ拾い集めなくてはならない。今は言葉を発してはならない。それをしたら私は今度こそ木端微塵《こっぱみじん》に吹き飛んでしまう。

宗教

夏休みには同級生から誘われるままにモルモン教の教会にも通った。私たちは宗教を否定した教育を受けてきた。が、人間を救済するための人類の発明を少しは知るほうがいいと思ったからだ。友人二人はバプテスマを受けて入信した。

ある日の教会からの帰りの電車に乗用車が衝突して即死した男性の体が裂けているのが目に入った。強烈だった。それが最後の教会通いとなった。

そしてまた生徒会選挙

後期の生徒会役員選挙が近づいた。共同体はめいめいができることを提供して成り立つ。比較的学校に近い人が出るのはどうかと言ってみた。とたんにすごい剣幕でくってかかったのは市内に住む大学教授の娘という。「そんなことを言うなら幾園さんがすればいい」と言う。私はびっくりした。中学校と同じく、またしても押し付け合いだ。長い通学時間の私は時間的に学級委員までならできるからと自ら申し出て前期に引き受けたのだ。わざわざ時間を割いた甲斐《かい》がない。しかもこの人は好きなことばかり言って、自分の時間を公共のために提供する気はないのだ。民主主義とか自由とかはただ乗りするものと決めている。この人は三年生が終わるまで変わらなかったようだ。

三学期に入るころには生きているのにとても息苦しさを覚えるようになった。酸素が足りない。あるいは水中から息継ぎに水面に顔を出すことができない。意欲も失っていく。私の目はきっと死んだ魚の目のようだろう。これからどうなるのか皆目見当《かいもく》もつかなかった。

青春を謳歌する人たち

浜中さんは高校一年で隣のクラスだったが、仲良しができていつもゲラゲラ笑いながらじゃれていた。浜中さんは高校生活が楽しくてたまらなかったという。私も五年生から中学二年生までの間に女子高に入れれば浜中さんに負けずに楽しめただろう。あのころは男子さえいなければよかったのにと思っていた。

浜中さんと友人は二年に進級する時に担任の明戸先生に向かって二人で談判した。「来年も同じクラスにして」と言いながら二人で大声で泣きじゃくったという。そして目的を達成した。すごいことをする。私にはそんな能力はない。そういう特別な願いを聞き届ける教師がいることを後で知った。テストの結果は私たちは普通、自分の点数しかわからないはずだったが、自分以外の人の成績を知っている人もいた。私はそういう芸当ができない。

マルキシズム

そのころ学校で先生にも生徒にもマルキシズムが流行していた。社会は資本主義から社会主義へ、最後は共産主義へ進むと言われていた。当時のイギリスでは「ゆりかごから墓場まで」という福祉社会を目指しているということだった。そんな夢みたいなことが実現するのかという危惧《きぐ》と明るい理想主義が交差していた。英語の中に「年金生活者」という言葉が出てきた時はぴんとこなかった。年金制度はまだ始まっていなかった。

共産主義社会では人は必要なものを必要なだけ消費できると言われた。そして共産主義社会実現のためには少々手荒なことは仕方がないという雰囲気があった。結果から今の自分の行動を規定する所があった。しかし結果が正しいからと言って手段を選ばないという考え方は必ずしも正しくないのではないか。第一、すべてが終わった後で自分が絶対的に間違っていたと判明した場合にどう責任を取るのか。

そのころの日本では「社会の進化には暴力革命が絶対に必要なのに日本はそれを経ていないか

らだめだ」と盛んに言われた。「歴史の必然」という言葉が出た所で私は立ち止まってしまった。科学的史的唯物論というが、科学が必然と結びつくこと自体が矛盾《むじゅん》ではないのか。

けれどもマルキシズムの嵐の中で私も理解しなければいけないと思った。大学に進学してから マルクスの『資本論』を購入して読み始めた。ところが、同じ言葉のフレーズが呪文のように何度も出てくることに面食らった。これが科学なのか。少し読んだ所でそれ以上読み進めなくなってしまった。読んでから議論しろ、とは言われるものの私に読む力はなかった。しばらく後のテレビのニュースで、『資本論』を出版し続けた最後の一社となっていたある書店が絶版を決めたことを知った。時代は変わったと感じた。現代は教養書として読まれるのか。

私は中年になってからハンナ・アーレントの著書の中で「マルクスの資本論はユダヤ教そっくりだ」というくだりを見つけた。「資本論が科学でなく宗教になった時をわたしたちは知っている。それは歴史の必然という言葉を使った時だ」という。少しほっとした。

中学二年の英語関係で知り合った関谷という男子が高校一年で私と同じクラスの松本さんに託《たく》して私に一回に五冊くらいずつ何度も本を貸してきた。ヘルマン・ヘッセの大部分と住井すゑの『橋のない川』、小林多喜二、親鸞、倉田百三、唯物論関係など。『風とともに去りぬ』は読書会にも参加した。けれど関谷の走りすぎる様子には危険なものを感じた。

最初にそう思ったのは中学の英語大会だった。関谷の引率の根岸先生が私の引率の市村に「おれはこの子を大事にしなければならないんだ。この子はあの模試で十番だったんだ」と言った。こういう話は関谷に必要以上の精神的負担を負わせてしまうと思った。しかも関谷の中学校が付近では特別に進学熱心なことを中学三年生の隣の学校の夏の合宿で知っていた。関谷の学校からの参加者は一年生ばかり。私の学校からは三年生ばかりだった。

そんなに走っていると去年の私みたいにいきついてしまうよ。でも口には出せなかった。去年だったらそんな人を見たら躊躇《ちゅうちょ》なく言っただろう。あのころの私なら誰にでも親切にできる元気があった。でも今の私はすっかり弱々しくなった。意味のある言葉を一言発したとたんに私自身が砕け散ってしまうほど衰弱した無能者だ。

関谷は音楽活動も頑張っていたようだが受験勉強も怠らなかった。いつも頭痛がすると言ったので、私も頭痛がすれば成績が伸びると思ったがその経験はついにできなかった。高校二年の時には読書会のメンバーに原子力研究所を見学させてくれた。自分の学校では自分の考え方を理解する人が少ないことをなげいていた。関谷が、共産党を除名された人を「志賀さんでも間違うなんて」とわかったように言ったのが印象だった。しばらく後で私たちの音信はとだえた。二十代で早世したと後で知った。ヘッセの『車輪の下』の主人公ハンスのように。

アンファンテリブル（恐るべきこどもたち）

高校二年で楽しい修学旅行があっても私の気持ちは晴れなかった。先が全く見通せないのでいらだっていた。

ある日父に向かって「お父さんここに来て座れっ」と大声を出して父を呼びつけた。そして「あんたは何を考えているのかわからないからもっときちんと話をしろっ」とがみがみと言った。翌日から父は毎日私に一所懸命に語りかけた。一週間経って気の毒に思えてきた。「もういいよ」と言って解放した。妹の梢が「お姉さんが一番威張っている」と言い、私は威張られるようなことはするな、ふん、と憎らしい態度だった。

特に珍しくもないのだが祖母のうしがひどく勝手なことを言った時に、家の中は私とうしの二人だけだった。私はうしを直視して「勝手を言うんじゃない」と初めて言った。驚いたうしが言い返したので「我儘《わがまま》言うんじゃない」とぶすっと言ってやった。母の留守に起きたたった一つの事件だった。うしが「憎いよお、悔しいよお、こんな小娘にばかにされて」と言いながら私の前で真っ赤になって泣いた。私はさっさと自分の部屋に引き上げた。

しばらくしてうしがやってきた。「羊羹《ようかん》でも食べるかや」と羊羹を私に出して行ってしまった。なんだ、こういう場合の解決方法を知っているではないか。意外な展開だった。その後、私もうしもこの事件のことを口にすることはなかったから誰も知らない。

ある日曜日だった。中学二年で生徒会で一緒だった木島君が私の部屋に飛び込んできた。中学二年以来だった。

「人生についてどう思うかっ」と怒っているように言う。皆ささくれだっている。いきなりのことに驚いたのでどんなことを言ったのか全然覚えていない。彼は不満足そうな様子で帰って行ったと思う。その後彼はずっと悩みぬいた後でお坊さんになったという。周りの人々がお寺を建ててくれたそうだ。

中学三年で一緒に生徒会をした桜井君が夕方ふらっとやってきた。縁側に腰かけて月を見ながら「幾園さんてほんとはロマンチストなんだよなあ」と言った後に帰って行った。私はロマンチストではない。

三十年後の同窓会でそのころの桜井君の気持ちがわかった。彼は中学校からは自分一人しか行かない高校を選んで進学した。私と同じく私鉄を国鉄に乗り換えて通学していたが、反対方向の列車に乗った。毎朝皆が反対に遠ざかっていくのがさみしくて仕方なかったのだという。

そしてまた宗教

母の専門学校の友人で現在高校教師をしている人の息子は私と同い年だった。彼から高校二年の夏休みにプロテスタントの教会のキャンプの誘いがあって気楽に参加した。

初心者向けのオリエンテーションのようなものと早合点したのが間違いだった。信者ばかりの中でチンプンカンプンだ。しかも農家出身の私にたくさんの野菜を期待していたことを知った。これらのことは事前にきちんと言ってほしかった。戦後すぐなら違っただろうが、野菜はいつも喜んでもらえるとは限らなかった。頼子の家でもそう感じることが多かった。参加者は自分なりの物資を持ち寄るという暗黙の決まりがあったらしい。家に帰ったら両親から何かお礼をしてもらおうと思った。

キャンプから帰る道中は彼と牧師さんの娘と一緒だった。電車に乗って三人で立っていたが途中で席が一つ空いた。三人が互いに譲り合った。あまりに譲り合いに時間がかかりそうになったので「では」と私が座った。とたんに二人が「ほうら座った」とはやし立てた。私が立とうとすると、まあまあと無理やり座らせてくる。そこまでして神様に褒められたいのか。これ以上付き合いたくない。家に帰ってから母には何も言わなかった。結局宗教はわからなかった。

オリンピックのころ

高校二年で私のクラスは体育館の掃除が当たった。掃除用具室に一枚の額が掛かっていた。額の中の写真は走り幅跳びでメルボルン・オリンピックに出場した先輩だった。日本選手団の制服を着てスタイルのよい賢《かしこ》そうな女性の姿だった。体育館掃除が当たらなければ私は永遠に知らなかったはずだ。この学校は本当に伝統を大事にしているのだろうか。

東京オリンピックの聖火ランナーとして走ったのは陸上部だった。

私たちの授業を教えた体操の女性の先生は実力者だった。東京オリンピックの体操では審査員だった。その感想を語ってくれた。

「共産圏の選手はいやですねえ。自分の採点にものすごく文句を言います。点数が年金額に響いてくるからなんでしょうねえ」

オリンピックの後で市の体育館にチャフラフスカが来て演技を披露してくれた。市内の高校生がほとんど見に行った。その後ソ連が崩壊するとは誰も思わなかった。

世界史授業

世界史の梅本先生は去年、現役で大学合格を果たしたばかりの生徒を呼んで大学の様子を知らせてくれる会を開いたのがよかった。でも授業は脈絡《みゃくらく》がなく、あっちに飛びこっちに飛びという具合でわかりにくかった。栄子さんが「私全然わからない」と言うが私も同じだ。だけど先生は復員後に就職口がなくて教職に就いたのだろうから仕方ないのだと思う。彼は授業中に自分の軍隊がベトナムにいた時の田圃のアオザイ姿の若い女性の話をした。

そのうち先生が他のクラスで私のクラスのことを悪く言ったということで怒っている人たちがいたが、私は気にしなかった。彼の講義で印象的なのは「いいかい、戦争はいつも経済から始まるんだよ」と、ことあるごとに言い聞かせていたことだ。あまりにも言うものだから、経済だけが原因なのかなと思いたくなる。

授業は近代に近づくにつれて残りの時間が全く足りなくなった。私よりも一世代以上後のお母さんに高校で受けた世界史について聞いてみたが、授業の状況は似たようなものらしい。日本の高校の世界史は近代以後を教えなかったようだ。どうなっているのか。私は一四九〇年ごろから約三十年間にヨーロッパで起こった出来事と、一九一〇年ごろから約三十年間に欧米で起こったことをよく知りたい。これがわからないから困っている。

世界史の授業が終わりに近づいたころに中国で文化大革命が始まった。梅本先生は生徒に向かって文化大革命のことを「いま中国でおもしろいことが起きているよ。見ていてごらん」と言った。私は「おもしろい」という表現には何か無責任なものを感じた。梅本先生が日中友好協会の会員だということは後で知った。

このころ教師間で深刻な対立があったらしいことを知ったのは、私のクラスだけが三年になる時に担任がかわった後だった。

そろそろ自分の態度を決めなければならなかった。二年の半ばころには受験勉強に集中することに決めた。特徴も取り柄《とえ》もない普通人間の私に開かれた道はそれしかない。林先生が私を評して「器用すぎるんだよな。器用貧乏といってなんにもなれなくなっちゃうよ」と言ったので大層驚いた。自分が器用だと思ったことは一度もないが、不器用に生きなければと思い始めていた。

金縛り体験

私は二年の途中でピアノと歌の個人レッスンを受けていた向井先生と気まずくなってしまった。もともとは忙しい先生に私から無理に頼んで始めたレッスンだった。

先生は私が四年生の時に音楽専門の先生として私の学校に来た。生徒数が多い学校だったが、音楽は苦手な先生が多かった。先生の本格的なピアノの音に私を含めて先生に夢中になる女子は多かった。学校にはまだグランドピアノがなかった。父は町の有志に寄付を募る運動の先頭に立った。めでたくグランドピアノが学校に入った。先生は放課後にずっとピアノを弾いていたのでその心地よい音色は遠くまで響いた。向井先生が五年生の音楽を教えたので毎日がとても楽しかった。けれど一学期中に昭和の町村合併が完了した。

二学期に先生は自ら志願して転勤した。私も父もがっかりした。父たちはずっとこの学校で音楽の指導をしてくれると思っていただろう。あのころは我が家は大変だった。私が五年生の夏休みに私の目の前で父が吐血《とけつ》して胃潰瘍《いかいよう》で入院したが、早期のがんを切除できたのはラッキーだった。教頭の父は激しい勤務評定反対闘争では微妙な立場だったかもしれない。私が四年生の時には家宅捜索もされた。

朝起きると母に挨拶してくるようにと言われた。警察署長以下四人が座敷に座っていた。朝の四時から始めた捜索が終わった所だった。証拠は何も出なくて署長が気まずそうに「私たちも仕事で仕方なくやっているんです」と言い訳していた。捜索前の状態に戻さなければならない決まりなのにぎゅう詰めの抽斗だったのでどうしても元のように入りきらなくて部下の署員が困っていた。父が「ようがす、ようがす。後で直しますから」と大きな声で楽しそうに言った後で四人は恐縮して帰って行った。父は六年前に手術した後も痔《じ》はよくなかったのに、私は同情が足りなかった。

勤務評定については「子どもに通知表をつけているくせに先生はずるい」と言う父母もいた。

そのころまでの公立学校は先生の転勤が少なくて私立学校に近かったようだ。父は最初に赴任した時のクラスを四年間続けて担任したという。この生徒たちとは家族ぐるみの付き合いに発展した人も多く、教え子という言い方が似合った。

高校二年の数学の女性の先生は、私が三年になる時に隣の町の女子高に転勤したが、とても怒っていた。同僚の男性先生は二十三年も勤めたのに私はまだ十三年しか勤めていないのにと。その直後に教育センターができて内申制度が始まった。先生は数年ごとに転勤する。私は内申制度の成立過程を知りたいのだがいまだにわからない。

私は最近、占領国がその国の教育制度に干渉するのは国際法違反だと知った。ＧＨＱは微《び》に入《い》り細に入り日本の教育に口出ししたと知ったのも最近だ。ドイツは自国の教育を守ったと聞いていた。しかし国際法という言葉を聞くようになったのは最近一年くらいと思う。敗戦の前の日本の教育は知らない。ただ一番の成績の人が級長という学級委員をすることになっていた。頭のいい人は仕事を引き受けた。戦後に立候補制になったが、余裕のある人がやればいいという、よく聞く無責任な発言は戦前基準ということになる。

五年生の二学期の音楽の先生がつまらない男性の先生にかわったのはがっかりだった。そのころ向井先生は中学校の音楽の先生の姪にピアノを教えていた。そこに割り込ませてもらった。しばらくして先生は私の町に部屋を借りてそこからバスで通勤した。二階の先生の部屋にはピアノがあった。高校からは私はそこでレッスンを受けた。先生の勤務が明けて自宅に遅く帰るまで一階の家主さんの部屋で待たせてもらった。待ち時間が長いこともよくあった。

家主さんは編み物教室を開いていた。一度結婚した時の条件が「お手伝いさんを雇ってもらうこと」だったのに、嫁ぎ先が約束を守らなかったので一年で実家に帰り親に家を建ててもらって一人で自活した。団塊の適齢期にこんな贅沢ができる女性はもういなかった。誰もが労働者になりたがる時代の流れで、小中学校の「小使いさん」の名称は「用務員」に変わっていった。

それにしても当時は随分おおらかな時代だった。遅い時間にピアノのレッスンが受けられた。今のように音がうるさいとすぐに苦情がくる時代なら無理だ。あのころピアノを購入した人は、弾けないピアノをいつか弾きたいと思いながら弾かないまま暮らした。今そのピアノは「弾かないピアノを売ってください」というキャッチフレーズでビジネスになっている。「使わないピアノは東南アジアの弾きたい子どもの夢を叶《かな》えます」と続く。弾かないのではなく弾けない日本なのに。ピアノの全盛時代はショパンのころだったが、現代はそれを上回る全盛時代だそうだ。

向井先生は政治に興味があった。毛沢東を賛美したが私は毛沢東は顔が嫌いだった。最初に写真を見た時は男か女かわからなかった。中年の意地悪おばさんの顔に見えた。その日の先生はカストロを褒めた。私はなぜか「暴力は嫌いです」と言ってしまった。先生はあっけにとられた顔をした。次のレッスンに行く日に私は金縛りに遭ったように体が動かなくなった。どうしてなのかはわからずじまいだった。はっきりとレッスンをやめる決意もないまま、その日からぱったりレッスンに行かなくなってしまった。踏み倒してしまったレッスン代のことも含めて失礼を詫《わ》びたのは数十年後だった。

高校では向井先生の小学校の記録映画を全員に見せた。向井先生はその学校の有名な校長先生を慕って転勤していた。小さな学校だから音楽専門ではなく担任として生徒を教えているようだった。音楽の授業の時より怖い顔をしていると思った。その学校の教育は有名で、多くの先生が見学に来たそうだ。辺鄙《へんぴ》な学校の情操教育で成功したという触れ込みだった。しかしその地域はもともと川沿いで養蚕が盛んで豊かだった。県で最初にキリスト教会ができた進歩的な土地だった。私が幼稚園の時に私の村の和尚さんから聞いた話では、この土地では明治以降博士を四人も輩出していた。早くから村の教育には東京大学が関わっていたのに、いつの間にか辺鄙ということになっていた。

その記録映画を撮っていた三人と私は面識があった。後輩の家にずっと下宿していた。映画がまとまらなくて最後は子役を連れてきたといううわさがあったが真相は知らない。

高校二年の末期には初老の英語の先生がこの地域を「山の地方」と言った。川はあるが山はない。どうしてこういう不思議なことがよりによって学校内で起こるのか。

このころ私の世界から物語が消えていった。情緒や感情が私自身から遠ざかっていく感じがした。困惑した状態の中で、人間の五感で信頼できるのは何かと考えた。眼は錯覚、耳はニセ情報や聞き間違いがあり、比較的触覚が一番ましかと思ったりした。疲れるとこんなふうになるのだろうか。こんな状態の人間に何ができるのか。

オートバイに賭ける青春

私が中学一年の時から春と秋の毎年新潟から出稼ぎに来ていた岸さんは、今年の冬は故郷に帰らなかった。冬は故郷は仕事がないからと、私の町の工場に勤めた。工場では昼食時におかずを売りに来るという。母は、昼は漬物だけの弁当だが、三食と部屋と風呂代込みでひと月に二千円もらうことにした。岸さんはおかずを買わずにお金をためた。早くオートバイを買いたいから。

お金をためた岸さんは私が高校を卒業した後は来なくなった。私の村のいどうはんは、ここ十年は我が家に来る人だけだった。母が人を大事にしたからだ。我が家に来たいどうはんが来られなくなる時には次の人を斡旋《あっせん》してもらった。母の友人や知人が「私の家を助けて」と頼みに来て、岸さんはその家々に行くこともあった。

生徒会長に立候補する人

クラスから秋山さんが前期の会長に、後期は結城さんが立候補して当選した。結城さんは意欲のある人で「大卒女性の就職差別」を経験した従姉を呼んだ。従姉が自分の出身の女子高校の後輩に社会の現状を知らせていた。それにしても同じクラスから二人も出るなんてすごいと思った。二人は市内に住んでいた。二人が「決まった時は悲しかった」と話していた。これからの負担に不安な気持ちがわかった。

驚いたのは、中学三年で栄子さんと同じクラスだった水沢さんが、前期までの選挙に立候補したことだ。「腹ふくるる状態を脱却したい」というような演説をした。見直した。水沢さんは以前、私が通う高校のある市内に住んでいた。一緒に受験した五人が不合格を心配するのに対して「市内の人が（不合格を）引き受けてくれるんじゃない」と落ちついていた。後期に立候補者が出なかった現象は私の中学時代の再現だ。高校は、生徒会がないと受験のための予備校並みになる。予備校はいくら優秀でも権威がない。資格も取れない。学校の存続のためには、絶対に生徒会は必要だった。本来は生徒の意見を反映させる場であったはず。けれども、生徒は受験の重みで浮き足立っていた。

担任の林先生の話では、十年前までは市内の教育養成の国立大学にこの高校の全日制の生徒は全員が合格した。定時制からも十人は合格した。今は難しくなってこの学校の全日制でもかなりの落第者が出るし、定時制からは一人も合格できなくなったという。私が想像した明るい大学受験は十年前に消滅していたのだった。

首都圏の他の大学でも合格ラインに多くの生徒が並び、それこそ一点が合否を決定するという情報が入ってきた。二年前には考えられない現象という。それくらい進学は狭き門になった。生徒数の急増に大学の収容能力が追いつかなかった。

二年生になった最初の日に担任の林先生が黒板に「井《い》の中の蛙《かわず》」と書いた。私はなんとも思わなかった。多くのクラスメイトが「やあね」と言っていた。その後林先生はざら紙一枚に数学の練習問題を書いたものを何度か配った。私は最初の一枚を解いてみたが時間がかかりすぎるので次からは一応もらうだけだった。先生は強制したわけではない。生徒たちの大半が進学を目指しているのを知っていたから先生なりに考えた協力だった。これが一部の生徒と社会科の多くの教師の反発を買ったらしい。

林先生が体育の担当なので体育教官室には何度か顔を出した。ある時林先生が結城さんの立候補について苦々しく思っていることを話した。「自分から出るならいいよ。でも（ある先生が）家まで行った（立候補させるために）と聞いたからね」と言った。林先生は翌年定時制に移った。去年教わった地理の先生も。

林先生は私のことを最初は超積極的と思ったそうだ。多分男ばかりの兄弟の末っ子か一人っ子だと。よく見ていたらどうも違う。

「幾園さんてとっても静かな人なんだね」と言った。「何か遠くを見ている感じ。叡智《えいち》を求めているような。英語の英ではなくて比叡山《ひえいざん》の叡だよ」と言った。驚いてしまった。

学校制度の変革期

定時制は各校にあったがその後すべての定時制を我が校に統合する計画が出た。猛烈な反対運動の末にひとまず撤回された。定時制を目指す生徒はその学校の定時制に行きたい人が多かった。女子高に男子が入ると備品が壊れやすいと言った。それでも結局数年後には男子普通校に二高として統合された。学校制度は激動期に入っていった。

最終学年

私は時々母の妹の頼子の家に立ち寄った。頼子の夫は子どものいない伯父《おじ》の養子だった。養母まつは勉強の好きな貧しい子たちに資金援助することがある優しい所があった。数年前に未亡人になってすぐに二間の離れを建てて住んでいる。「私は父を死ぬまで許さない」と言った。弟が死んだ時に父が母に「まつが代わりに死んでくれたら」と言ったのを物陰で聞いてしまったからだった。「自分の子を死んでくれたらという親がどこにいるものですか」と声を荒らげるのだった。

まつは仕事が忙しすぎる時に歯医者に通う時間が惜しくて歯を全部抜いて総入れ歯にした。それをとても後悔していて「歯は絶対に抜いちゃだめ」と言った。この教えを私はずっと守った。私が二年の終わりごろに私に「うちから学校へ通ったらいい」と申し出てくれた。好意をありがたく受けることにした。

まつは女学校を出なかったが近所の私の学校の一回生が時々遊びに来ていた。その人は卒業式に答辞を読んだ秀才だったと私に紹介した。私にはただのおばあさんにしか見えなかったけれどプライドが高い人だった。第一回生は百人だった。私が「そのころと今は違います」と言っても、おばあさんは「あの学校は難しいから」と言い張った。

最終学年に入り、私のクラスだけ担任がかわった。私たちより十七歳年上の担任は夏目律子先生だった。昨年下の子を出産した共稼ぎという。このころメディアを中心に「稼ぐ」という言葉は下品だから「働く」と言おう、という運動があった。奇妙だった。「稼ぐ」の意味は家族のために野の恵みを家に取り込む意味の奥ゆかしい言葉だったから。

夏目先生が初日に自己紹介した内容には呆れてしまった。先生は隣の市の我が校と同等程度の女子高の学生だった。最難関の国立女子大を目指していて勉強時間を少しでも多く確保するためにクラスの掃除をしないで帰ったという。「でも今はそれは悪いと思う」と言った。なぜ悪いと思ったのかの説明は一切なかった。続けて「だから皆さんはちゃんとお掃除をしてください」とも言った。これではいつも自分に都合がいいことばかり言うことになる。

母の反対を押し切って、三年生になった私は叔母頼子の家に引っ越した。引っ越しの日に母が私に「毎日雑巾がけをしなさい」と言ったのですっかり気が重くなった。翌日階段に雑巾をかけていると「いいんですよ、そんなこと」とまつが言ったので翌日からはしなかった。階段は長い間雑巾をかけた形跡がなかった。

蔵の二階に住むという貴重な体験もした。見合い結婚の頼子の新婚時代の住居はここだったと聞いて私はかなり驚いた。その部屋は六畳一間くらいで金網の入った小さな窓がついていた。窓の下にこの家のお稲荷《いなり》さんと小さな赤い鳥居が見下ろせた。乾物問屋の質素で堅実な生活も垣間《かいま》見ることができた。

二人の従弟はまだ小学校前だったが急にお姉ちゃんができてはしゃいでいた。私がお風呂に入ると後から二人が一緒に入ってきてキャッキャッとふざけていた。


間もなく私はよく話しに行く生物の倉木先生に引っ越しを報告した。中学生まで私は生物は苦手だった。高校で真面目に覚えないと生物を知らない人間になってしまうという危機感を持った。最後の勉強と思って勉強したら、生物好き人間と勘違いされたのが計算違いではあった。先生は生徒の悩みや相談によく乗っていた。その日も生徒の話を聞いた後で少々疲れてうんざりしていたようだった。あーあ、と両手を斜め上に上げて伸びをして突然私に言った。「通学時間の空いた時間で生徒会でもやってみない」と。

それでは時間を生み出すために引っ越した意味がないではないか。当時の試験は点数だけで決まったから皆一点でも多く取ろうとしのぎを削《けず》っている。確かにこの言葉がなければ私は順調な受験勉強生活に突入したはずだった。言われなければよかった。耳にしてしまった以上突きつけられた事柄に向き合うしかなかった。

生徒会の立候補締め切りが近づいてきた。伝統的に二年生が生徒会長をする慣例だったが、いつまで経っても名乗り出る人がいなかった。過激な受験戦争が生徒の世界を徐々に蝕《むしば》んだ。団塊二回生は長い間受け継がれた慣習を簡単に脱ぎ捨てた。締め切り時間間際に選挙管理委員の前田清野さんに立候補を申し出た。悪いな、という表情で「いいの」と私に聞いた。「いいよ」と答えた。

一夜明けてみると二年生が一人立候補していた。私の中学校の後輩の田代さんだった。前田さんはどうして私に知らせてくれなかったのだろう、と恨めしく思った。でもすぐに思い返した。二年に立候補者が出たことを知ったのは私と同じ時間だったかもしれない。私はすぐに立候補を取り消そうかと悩んだ。ただその行為は生徒会制度を軽視しているように見える。制度の権威を守るために取り消しはやめよう。もともと誰も立候補したくないから候補者が出なかったことはみんな知っている。賢くて良識ある本校の生徒は田代さんに投票すべきと考えるだろう。

それにしても学校から一番遠い二人だけが共同体の危機に立ち上がったということは、私の出身地が自治意識に秀《ひい》でていたということだろう。学校の近くの人は何をしているのか。

元の担任の林先生から「誰かに言われたの」と聞かれた。私は簡単に倉木先生のことを話した。倉木先生のふとしたつぶやきに反応しただけで、私が自発的に決断したと。けれども林先生は納得しなかった。倉木先生を評して「安全地帯にいる者は何も言うことはできない」と批判的だった。先生は、昨年進路希望に私が何気なく書いて出した大学は、生徒会をしたら絶望だと言った。「期待してたんだよ」とも。私が「場合によっては少し難易度を下げようかと思う」と言うと、それでも絶望的だ、そんなに甘いものではないと言った。

先生は、担任しているクラスでなくても、担当の学年の生徒でなくても、生徒が頼ってくれば進路指導をしていた。東大医学部に現役合格した生徒は高校一年の早くに先生に相談した。志望校に合格するには今から準備しないと間に合わないとアドバイスして、生徒は一年後期からは受験一本の生活にしたそうだ。林先生が倉木先生邸の新築で保証人になるほど仲良しだったことを後で知った。

階段で私の少し先を上がっていた世界史の梅本先生が急に私を振り向いて「生徒会に出ることにしたの」と聞いた。今まで一度も口をきいたことのない先生に馴れ馴れしく声をかけられたので驚いた私は思わず「はい」と言って先生を凝視した。先生は気まずそうに顔を赤らめてそそくさと階段を上って行ってしまった。その場には私と先生しかいなかった。

応援演説は同じ中学校出身の栄子さんに頼んだが失敗だった。私が村の郵便屋さんにまで挨拶する愛想のいい人だという意味の演説だった。栄子さんの演説原稿を前もって見せてもらえばよかったと後悔した。音響効果が悪くて栄子さんの話し方自体もぼそぼそとよく聞こえなかったのが救いだった。誰もしたがらない会長の応援演説にしてもどうしてあれほど変なことを言うのだろう。あの応援演説では、私がどうしても会長になりたくて仕方ないおめでたい人間だった。村に来る郵便配達は決まっていて準村人だから会釈《えしゃく》くらいはするのだ。私が誰にでもへらへらするわけではない。

ほどなくして学年総会があった。私は三年生なのに生徒会、それも会長に立候補するなどという大それた決断をしたストレスでふらふらだった。一瞬居眠りをしたが周りのざわざわした様子に目が覚めた。

「家庭科がなぜ女子校にしかなくて男子校にはないのか。これでは女子だけが受験で不利だ」と二年後期の生徒会長の結城さんが発言して大騒ぎになっていた。生徒会立候補で手いっぱいだった私にはどうでもいい些細《ささい》な問題だった。当選でもしたら家庭科の時間どころではない、私の日々は時間的にずっときついものになる。騒ぎはエスカレートするばかりだ。私は数人とともに気色《けしき》ばんだ生徒を少しなだめた。家庭科の先生の真剣な説明もあって会場は徐々に静まっていった。

この問題はこれで終わりと思っていた私は四年後に不快な話を聞く。幾園美千也は、最初は皆をあおっておきながら皆が騒ぎだした途端に止めに入ったけしからん人間だ、と梅本先生が転勤先の男子校の生徒に言ったというものだった。梅本先生のことはあまり気にしたことがなかったが、さすがに腹が立った。なぜ私に直接向かって非難しなかったのか。そうすれば私はその場で事態を説明して即座に彼の誤解を解くことができた。あの事件から私が卒業するまでは十か月もの長い時間があった。しかも彼は副担任だったから何度も私のクラスに顔を出していた。いつでも私に声掛けできた。梅本先生から学んだ世界史にハザール王国は出現しなかった。

どの組織にも善人と悪人がいる　　フランクル

林先生に学年総会のことで「大騒ぎだったんだって」と聞かれた。「たいしたことはなかったですよ」と答えた。

立会演説会

先に田代さんが演説した。皆に当事者意識が欠けているときつい口調でたしなめて、私の言いたいことをあらまし述べた。私は「私の言いたいことは田代さんが全部言ってくれました」と簡単に済ませた。あの時、田代さんの三倍以上の長い時間を使って嫌みばかりの説教演説をしておけばよかった。そうすれば投票結果は少し違ったものになったかもしれない。こんな奴にいつも偉そうに説教されるのはかなわないと生徒たちが思うだろう。私が思った以上に才媛たちがやくざ的であることに私はまだ気づかなかった。

投票の結果は十対一くらいの比で私の当選だった。それまで標準服の標準の限界を試していた私は、学校の顔になったので制服的水準に戻ることにした。

新聞部

今年も春の講演会開催が決まったと教えてくれたのは、今年卒業した服部早苗さんだった。初耳だったので「では講演者を決めなければなりませんね」と言うと「もう決まっています」と言う。この学校はいったい誰が動かしているのかと怪訝《けげん》に思った。ふと、そんなに熱心なら留年して服部さんが生徒会長をすればいいじゃないか、と毒づきたくなった。新聞部が指導部で私は操《あやつ》り人形か。新聞部にはマルキストが多かった。学校を指導しようとしていたのかもしれない。

賢人が指導する「哲人政治」を唱えたのはプラトンだと聞いたことがある。梅本先生が推奨していた哲学者。先生は「アリストテレスはつまらない人だったらしいよ。プラトンはおもしろい人だったらしい」と、授業の中でしばしば生徒を誘導した。プラトンが乗っていた船が海賊《かいぞく》に襲撃されてプラトンが奴隷《どれい》市場で売られていたことがあり、友人たちがお金を集めて買い戻してあげたことがあったという。買い戻せなければその後の世界はどうなっていただろう。

現代は賢人会議がある。ワイズマンと言われたら恥ずかしいと思わないか。私の選挙区では、教育のない男性がトップ当選する時代が、私の子どものころから成人する時まで続いた。この男性は大臣にもなった。

いつからかテレビで「専門家は」と専門家の名前を言わずに世の中の事象を説明する時代が長く続いた。そういう専門家になるには難関試験を突破しなければならないから世間は専門家の言うことに耳を傾けた。けれど答えのない問題にまで名前を言わない専門家に講釈されてはどうなのか。専門家権力の時代が長く続いて、やっと最近は専門家の名前を言うことが増えた。サルの専門家になるには三年かかるという。猿山では最初はどの猿も同じに見えてしまうが、三年後にはすべての猿を見分けられるようになるという。こういう類《たぐい》の専門家があらゆる文化に存在する社会は強いだろうが。

服部さんは弁舌さわやかな人で民主青年同盟の人という。思想的に近いらしい結城さんが「素晴らしい人」と褒めた。日高六郎氏の講演の後で服部さんが高校に顔を出すことはなかった。そのころ私の学校では「千里馬」という映画を全員に見せた記憶がある。結城さんが感動していた。彼女が「従軍慰安婦はどうなんだ」「三光作戦は」と言った時に、私はそのどちらの言葉も初耳だった。

春の近くへの遠足の日に新聞部員で、一年生では同クラスだった室田君子が私に接近した。「おいで、飴をあげるから」と言って本当に飴玉一粒を差し出したので、ばかにしているのかと思った。室田は一年の時に三隅孝子と私の三人で地学雑誌購読グループを結成していた。地学の明戸先生運転の車で一年の終わりごろには三人で私の家にも遊びに来た。三隅が近寄ってきて

「今は全然話さないよね」と室田に言ったら室田は黙って頷いた。三隅はすぐに離れて行った。室田の隣にはやはり一年生では同クラスだった宮永由香がいた。「ケチ、ほんとにケチなんだから」といきなり私をなじった。室田は黙って前方下を見ている。この二人の謎の行動は意味不明だ。私を嵌《は》めて何をしたいのか。

思えば宮永は一年の初めにやたらにこにこして私に近づいて来た。最初の参観日に来た母親に「あれが幾園さんだよ」と教えたら「肌の荒れた子だね」と言ったと翌日私に話した。宮永は何か美容をしていたかもしれないが私は冬のクリーム以外使わなかった。当時は素肌がいいか化粧がいいかの論争があったが、農村では化粧は嫌われた。忙しいのに見栄っ張りに時間を賭ける遊び人だと。自分が農業人シンパであることを示す生活態度は私自身が意識的にしていたことではあった。高校入学直後に肌を批判する文化は私にはなかった。

宮永はその日から私に近づかなくなったが私は気にも留めなかった。宮永から何ももらったことはないし、何かしてもらったこともない。宮永と室田は私の何かが気に入らないのだ。

四半世紀後に室田とは偶然電車の中で会って簡単な会話を交わした。今は大学生にアルバイトを斡旋する仕事をしていると言った。「仕事」「仕事」と繰り返すのは私が主婦だったからか。室田とは約一か月後に私の町の駅ビルの出口で会った。私に室田が気づくのが早かったようでタバコの火をもみ消していた。私から目をそむけていたので私は黙って通り過ぎた。テレビの「刑事コロンボ」みたいなコートを着ていて疲れた様子だった。もう室田と会うことはない、と思った。

その通りになった。

あの高校では部活動の予算を決める評議会がなかった。日高六郎氏の講演料は顧問の明戸先生がどこからか受け取ってきた。その謝礼を全生徒の前で私が日高先生に渡した。表に顔を出さない人が高校を仕切っていた。気味の悪い学校だった。善は明けっ広げだろうに。

生徒会長は便利屋か

音楽の先生が音楽会の交通整理に生徒会を使いたいと言ってきたが、生徒会顧問の明戸先生が「生徒会を気安く使うな」と怒って断ったと恩着せがましく言った。音楽の先生は暇があれば保健の先生とペチャクチャおしゃべりをしている。後で「ごめんなさいね」と言われて「気にしないでください」と言っておいた。

一年生が私に近寄ってきた。英語の勝先生の授業の程度が低すぎるから先生をボイコットしたい、ついては先頭に立ってくれないかという。「あの授業、ひどいと思わない」と妙に馴れ馴れしい。勝先生は教師らしくなくて主婦に近い感じだった。疲れるからと黒板の前の椅子に腰かけることもある。いいではないか、疲れるのだから。その程度の不満を生徒会長を使って解消したいのか。

「自分でやれば。それに先生の家は母子家庭だと聞くから働く必要があると思うよ」と言うと

「先生の息子は医学部の最終学年だからもう困らない」とやけに詳しい。結局この人は何もしなかった。

定時制高校生の本音

生徒会の雑務で一人遅くなることが増えた私は定時制の生徒の会話を耳にするようになった。ひそひそ話も聞こえてくる。

「私たちのことを本当に思ってくれているのは林先生だけだ。ほかの先生はだめだ」と意気投合している。全日制の生徒と教師は林先生のことを進学狂いのように悪く言うが、事実はこの通りだとおかしかった。林先生に会った時にこの話をして「何て言ったんですか」と聞くと「一日十回鏡を見ろ」と言ったそうだ。いつもその時に担任した生徒の立場の要望に応えていたということだ。

文化祭実行委員会

一年、二年の時には文化祭などなかったから文化祭は頭に入っていなかった。いきなり三年に一度実施すると聞いて仰天《ぎょうてん》した。二年生の正副実行委員長が選出された。この二人が何もしないので周りがやきもきし始めた。今年赴任したばかりの校長先生でさえ心配して二人を校長室に呼んで進捗状況を聞いたという。二人は「大丈夫です」と胸を張って言い切ったので校長はそれ以上は聞かなかった。ところがやはり二人は何もしない。だから生徒会がやるしかないと明戸先生は言う。とんでもない、文化祭をするのなら三年生の私は生徒会には出なかった。文化祭実行委員がいるのに何事だ。明戸先生は「生徒会がやるしかない」の一点張りだ。何か約束でもしたのか。二年生のある者は「幾園さん可哀そうねえとみんなが言ってるよ」と言いながら自分が実行委員をしますと名乗り出ることはしない。誰もが小ずるく生きている。

私が文化祭をした場合、帰宅時間が大幅に遅くなって叔母の頼子を窮地に立たせてしまう。毎日遅くまで何やってるんだと家族に責められる。もともと静かに勉強するためだけに頼子の家に居候したのだ。私の母だって困る。結局私は居候をやめて実家に戻ることにした。言い訳は通じない。私の気まぐれと我儘のせいにした。私は四十日きっかりで実家に戻った。お別れの日、「また一人になっちゃう」と心細そうに頼子が涙を流した。

国鉄までの電車通学が一緒のクラスメイトは検便結果の陰性を陽性に書き換えて渡すような意地悪い性格だったが、私が一度生徒会の軽いグチをこぼした時に同情的なことを言ってくれた。今回もちょっとグチろうとした途端に「わかっていたんでしょ」と突き放されてしまった。とんでもない、文化祭は知らなかった。私のグチはたった一度しか許されない。高みを目指して上昇するこの人たちは皆忙しくてつまらないことにかまってはいられない。もしかして私はたった一人の兵士、あるいは植民地か。

クラスの中にはわざわざ遠くにいる私に寄ってきて「あの人いいわね、頭もよくて綺麗で」などと言う者もいる。軽口を叩くより手伝ってもらいたい。

生徒会役員には中学校で二年後輩の山本静香さんがいた。山本さんの担任は倉木先生だった。山本さんとはもともと仲良くしていた。向井先生が出演した映画を撮ったグループが彼女の家に寄宿していた。山本さんの家族は開明的で愉快だった。

時々彼女と話していたら倉木先生が私のことを「あれではだめだ」と言う。私はでんと構えて皆に指示すればいいと言う。これを聞いた途端に倉木先生は今の私のような経験はないようだと思った。それは会社のラインのような組織では成り立つだろうが、罰則のない生徒会では成り立たない。文化祭がなければある程度は可能だったかもしれないが。

倉木先生は「国立大学に行きなよ、親孝行になるから」とも言った。倉木先生は自分の言葉が私に影響したことに責任を感じていた。

退学問題

クラスの外園和子さんが退学届を出したと聞いた時は、退学者一人は少ないと思った。てんやわんやの騒ぎが始まったのも予想通りだった。こうなるのが嫌なばかりに私は退学しなかったのだ。本当はこの学校で私が一番退学したかったかもしれない。その私が今一番学校に張りついている。担任の夏目先生と副担任の梅本先生が外園さんの様子をどんな小さなことでもクラスの皆に伝えたからますます騒ぎは大きくなった。

倉木先生は外園さんの退学騒動は夏目先生の経験不足による不手際だという。「僕なら退学届を出されても学校に出さずにしばらく預かっておく。学校に出してしまったらもう取り消せない。そのうち気持ちが変わって学校に戻りたくなっても戻れない」と言うのだった。

林先生は「定時制に通っている恋人に勧められたようだ」と言った。外園さんはその後親と対立して家を出たが「秋には家に戻ったんだよ」と林先生から聞いた。

夏休み

前田さんが東北のお父さんの実家に二泊三日で誘ってくれた。伯父さんがわざわざ名所旧跡を二人に案内してくれた。おばあさんの言葉は全部はわからないけれど家族が皆温かい。私は楽しい旅行をして帰るが前田さんはそのまま逗留して勉強する。彼女が去年の夏に受験のためのサマースクールに行った話は私を信頼して話してくれた。だが正直痛い。私も受験生という点では横一線なのだ。

居場所を失う人

私が自転車で駅方面に向かっている前方に隣の雄三が歩いている。雄三はこの春農業高校を卒業して実家に近い隣の県の会社に就職した。自転車で雄三を追い越す時に「ゆうちゃん」と声をかけたのにまるで気づかない。実家でもらったらしいポットをしっかりと抱えて下を向いたまま何か真剣に考えている。私の呼びかけは全く耳に入っていない。こんな雄三は初めてだ。いつもキャッキャッとふざけていたのにどうしたのか。

実家に帰った雄三は兄の子四人にずっと取り囲まれて「ゆうちゃんはお金持ち。お金ちょうだい」とねだられていたそうだ。雄三はその後実家に寄りつかなくなった。三年後に祖母うしの葬式に一度だけ帰ってきた。丸顔の面影はなく、面長で眼鏡までかけた別人になっていて静かににこにこしていた。

倉木先生が「この学校の生徒は皆一番になれると思っている」と言った時は仰天した。先生は「本当だよ」と言う。数年後だが梢が「私も一番になれると思った」と言ったのでびっくりした。倉木先生は正しかった。私のほうが変わっていて、一番の成績を取ると言っていた栄子さんが普通だったのだ。私は異星人と言われた。

今年の校長は教育委員会から来たので警戒していた教師たちは、校長の率直な話しぶりにだんだん引かれていった。私にまで進学のアドバイスをしてくれた。「前の公立男子校で兄弟三人が現役で東大に合格した。その父親に方法を聞いたら、何もしません、ただ家の中を静かにしました、と言った。あなたも家の中を静かにしてもらうとよい」と。「ありがとうございます」とお礼を言った。でも我が家はそうはいかない。祖母が毎日大音響でテレビを見ている。特に橋幸夫、西郷輝彦、森進一の御三家の歌は欠かさずに。「おらが先に死ぬんだから好きにさせろ」と言って。わからずやでも老人は大切にしなければならない。

結局文化祭を担当することになってしまったので県下の高校の文化祭はすべて回ることにした。行ったことのある文化祭は私が幼稚園の時に祖母うしに連れられて行った小学校の文化祭だけだった。いくらなんでも参考にならない。

ある日曜日、某《ぼう》高校の文化祭にいつものように一人で向かっていた。私と同じ年齢くらいの左官の男子二人が道ばたで休憩をとっていた。「どこの学校」と聞かれて答えたら「お嬢さん学校だな」と言う。「えっ、お嬢さんじゃないでしょ」と言うと「いやあ、お嬢さんだよ」と二人とも口をそろえた。そう見られている。

健康的でも文化的でもない生活

二学期になると私の生活は一変した。勝手な私のせいで母に特別な厄介仕事をさせるわけにはいかなかった。母は忙しくて猛烈に疲れている。朝は一人で冷たいご飯を食べて一番列車で通学する。電子レンジができるのはずっと後だ。終電で帰宅して一人で冷たいご飯を食べる。数時間後にはまた通学しなければならない。一週間ですっかり体調に変調をきたした。卒業してからも不調は続いた。後でも治らなかった。

遅い時間の電車は、乗り換えの連絡が猛烈に悪かった。列車の一番前から猛ダッシュで走っても決して次に乗る電車には乗れなかった。あと十秒待ってくれればと恨めしかった。裸電球の薄暗いプラットホームで唯一人一時間待つのは侘びしくて気持ちがすさむ感じだった。忍《にん》の一字の日々。

そんな日常のある時、同じ村の少し年上の男性金ちゃん（金次）とプラットホームで出会った。こんな遅い時間に高校生の私がいるので、

「みこちゃん、こんなに遅《おせ》えん？」

と言って目を丸くして驚いている。彼はこの町の魚屋に勤めていてよく遅くなると言った。それからは時々彼と一緒に帰った。村の最初の十字路で私たちは別れた。金次が、

「俺、ものすごく臆病《おくびょう》なんだ」

と言ったがそれは本当だった。月が明るい夜は足音が上空の雲に当たって反射した。それが地面に当たって音を立てる時、私たちを追いかけて来る人の足音のように聞こえた。わっと叫んで金次が猛ダッシュする。私もびっくりして猛ダッシュする。いつまでも走れないから当然二人ともハアハア言いながら立ち止まる。私が「びっくりさせないでよ！」と言うと「ごめんごめん」と返してくる。そんな日々が続いた。

お嬢さん

事務の白川さんが「ちょっと来ない」と善哉《ぜんざい》屋に誘ってご馳走してくれた。白川さんは去年まで男子校勤務だった。近く停年退職になる。タバコをスパスパふかす。この店のあたりは私のクラスの人の先代のものだったが農地解放の時に不在地主だったので人手に渡ったという話などをしてくれた。突然、

「この学校は我儘お嬢さんの集まりだっ」

と吐き捨てるように言った時はびっくりした。私のことをお嬢さんとは思っていないようだ。胃が荒れている私は善哉をたくさん残してしまった。

音が消える

その日も夜になり私だけが生徒会室に残って仕事をしていたが、自分の教室に灯《あか》りが点《つ》いているのを発見して近寄ってみた。皆が文化祭の出し物の準備をしていた。私は嬉しかった。私だけではない、皆頑張っている。

間もなく片づけて皆正面玄関の靴箱に行った。そこに事務のおじさんが出て来て言った。

「私は男の子が一人いるが、男子高校に通っている時に遅いととても心配した。男の子でもこんなに心配するのに女の子の親御さんはなおさらだ。こんなに遅くまでいてはいけない、早く家に帰りなさい」

とたんに蜂の巣をつついたような騒ぎになった。皆がその言葉を待ち望んでいたとわかる。今私の目の前に黒い深い淵《ふち》が横たわっていた。皆は全員淵の向こう側にいる。淵は深すぎて決して越えることができない。彼女たちの姿は明るくクローズアップされているが大声で叫び合っている声は全く聞こえない。無声映画の世界。一瞬のうちに誰もいなくなった。

時計を見ると丁度七時だった。それから一時間後の丁度八時に学校を出た。その後のことは全く覚えていない。どの道を通ったのか、何時に家に着いてその晩どう過ごしたのかも。

文化祭まで二週間に迫った日に生徒会役員全員から申し出があった。

「今後は皆私たちがするから幾園さんは早く帰ってくださいね」と。期末試験と違う、今から挽回《ばんかい》は無理だけど嬉しかった。感謝を込めて厚意を素直に受けた。もうすぐ十一月。勉強不足分は取り戻せないだろうが。疲労とストレスが積もりすぎていた。

文化祭では実行委員会が全く機能しないのですべて生徒会が仕切った。一日目に男子校の生徒二人が正門前で大量のビラを配った。ある時間に貴女《あなた》を待っています、だった。二人はすぐに警備係の男性教師に捕まった。

別の男子校から「給食係ですので厨房《ちゅうぼう》を見学させてください」とやって来た五人の様子がおかしい。問い合わせた所、給食部はないことがわかった。感づかれたことに気づいて逃げられた時には販売するための製品と食材を腹いっぱい食べられていた。

私のクラスの仮装行列を見た。こういう準備をしていたことを初めて知った。私だけがクラスの部外者だったか。後にこの時の写真を有名な歴史家に送ったことも偶然見たテレビで知った。写真をチラとテレビに映した。

二日目からは文化祭本部として生徒会室に釘付けにされた。有事の際の連絡先として司令塔が常駐してくれなければ困ると言われて。

最も時間と労力を提供したはずの私が文化祭の様子をほとんど見ることができなかった。その後文化祭は何事もなく無事に終わったのに。

教師は労働者か

高校卒業が迫ってきたころ倉木先生がしみじみと語った。

「教師も労働者だというけれど、僕は教師は聖職者だと思う」

そのころ誰もが労働者になりたがっていた。

「思えば僕たち教師は決して責任を取ることがない。高等学校は中学校が悪いと言うし、中学校は小学校が悪い、小学校は幼稚園が悪いと言って最後は家庭が悪いと言う」

その通りだ。親子は初めから教育機関に振り回されてついて行くだけで精いっぱいの日々を重ねる。そのころ盛んに叫ばれたスローガンの「期待される人間像」。出来そこないは家庭のせいにされる。「期待される人間」を生産するために子を産まされるのでは、女稼業などやってられない、というのが正直な所だった。

「生徒の悩みを聞く時は、批判せずに生徒の気持ちそのままを受け入れて寄り添うべきなんだろうと思う」

ストレス性歯痛

歯がずきずきと痛んだ。三年前のように。仕方ないから歯医者に通った。当時の歯科は予約制ではなかったので待ち時間が長く、半日かかることもあった。待合室の患者が診察室に入るとよく隣の診察台に待合室では見かけなかった人がいた。裏口から入れている人がいる、と待合室の人たちはささやき合った。

その話を母にしたら、評判のいい歯医者があると言い、母とバスで隣県に行く。愛想のよい人だったが、バスでの往復に時間がかかりすぎたので一度だけにした。待合室はまるで老人サロンだった。おもしろい話にゲラゲラ笑う私を見て、箸《はし》が転がっても笑う年ごろなんだってよ、と唯一の十代に関心が集中した。

出席日数は足りていたから歯の治療に専念することにした。このことでクラスメイトが不安になった。隣の席の三好さんは私が休んで勉強していると思っていた。

「あんなに勉強していたじゃない。私は私でいいんだぁ」と言った。ガタガタの体調の私のことをいつも丈夫で元気と決めつける。自分が傷つくことなく私を攻撃できるから。

国立大学は試験料も安かったので多くの人がⅠ期とⅡ期を併願した。私もそうした。でも大学に通う自分の姿は想像できなかった。疲れすぎている私に必要なのは何よりも休息だった。二期校は合格しても行かない、と見栄を張る者も多かった。栄子が私に、二期校に行かないなら受けないで、と言ったので受けなかったが、強制するのはどうかと思う。他人の進路に干渉することだ。結城さんは私を評して、最後の退任の挨拶は感動したけどその後の私の不登校は感心しないと言った。本来なら退学していた私に先生のように訓示した二人は教師になった。

受験は予想通り不合格だった。もう一クラス、私のクラスと同じ科目の時間割りのクラスがあった。このクラスは公的役割を引き受けないで静かに勉強する人ばかりだったせいで目立たなかった。二つのクラスの受験結果は同程度だったと倉木先生が言った。私のクラスがもっとよい結果でなかったことが不満だとも言った。欲は体力を必要としない。

私は同程度なら上々と思った。先生はやはり私のような経験をしていないと確信した。一人の持ち時間と体力には限界がある。だから誰もが争って苦役から逃げ回るのだ。私が「皆の手本にならない結果になって申し訳ありません」と、受験の失敗を詫びたら先生が「気にしなくていいですよ」と言った。

本当は全然気にしていなかった。もともと十代後半の意見を出す場を確保するためだけが目的だったから。

社交辞令にうるさい者に配慮したのは中学生の時の経験があったからだ。

文化祭は翌年から毎年開催された。一体どうなっているのか。私は生徒会長になって初めて高校で一度も経験したことがない文化祭の話を聞いた。その瞬間まで文化祭が話題に上ったことさえなかった。毎年新しい生徒が入ってくる。新入生はこの学校の文化祭はずっと恒例だったと思うだろう。

死にそうな顔

林先生と高校卒業後に初めて会った時に「幾園さんどうしたの。まるで死にそうな大病をしたような顔をしているよ」と言われた。自分が消耗《しょうもう》しきっていることを自覚した。

二十年後に私は同じ体験をした。団塊二回生が今は子どものためになりふり構わなかった。逃げ得は団塊の上にも下にも広がった。「子どもに残してやれるものはこれしかない」と言う母親もいた。学校権力ともいえる社会が次に迎えたものは就職冬の時代だった。

自ら決められない人生

卒業してから梢の担任の夏目先生から聞いたのは、入学試験の成績順は妹の梢が五十番以内、私はそれ以下で百番以内だった。私が一年足らずで十番以内に入ってきたのでとても目立ったという話だった。こういうことは現役でいる時に言ってもらいたかった。当時の教育界は競争を避けて生徒には自分のテスト結果しか知らせないようになっていた。小学五年からは通知表も五段階から三段階になった。義務教育はそれでいいが、ここは進学校だ。選抜されて入学して進学するのに自分の位置がわからない。自分は百番より下と思い込んでいたからどの程度の大学が丁度いいかわかるはずがなかった。多くのクラスメイトがなんらかの塾に行っているのに一度も塾に行かない私は見当がつかなかった。

この状態は生徒が自分を過小評価する結果になる。生徒は暗闇を手探り状態だ。予備校に行かないと自分の位置がわからない。その後は塾と学校に明け暮れる十代も増えた。

V　十八歳以後を生きる

若者が消えた農村

うららかな早春。草刈りの手を休め、母と並んで畑の南側に腰を下ろしたら母が言った。目の前の農地一反あまりを売ったことを。真ん中の畑をぐるりと田圃が取り巻いていて作りにくかったからねとも。男二人がせっせと真ん中の土をシャベルで掘ってリヤカーに積んでいた。全部を田圃にするのだろう。母はもう若い時のようにはやれないから、と言って私もそうねと返した。高校卒業直後のことだ。しばらく実家で過ごすことにした。

秋までに伸びきって地面を覆《おお》い尽くした草が冬の間に枯れきった。春風に吹かれた薄茶色の草原が広がっていた。少し離れた左手前方でパチパチと音がした。炎が見えて先に広がり始めていた。煙を察して草原《くさはら》の南の柵の中にいる牛がぐるぐる走り始める。すぐに消防に知らせた。「やっちゃんだ」と私の隣で二郎が言った。東隣の家の保夫が笑いながら燃える様子を見ていた。以前、保夫の家の兄嫁が「昔はずっと先まで田圃だったけど」と言った。前の家が北側の保夫の家の田圃を少しずつ埋め立てて広げた陸地が、今は保夫の家の目と鼻の先まで迫っていた。間もなく消防車が到着して火が消し止められた。暴れ始めていた牛も静かになった。

牛はかなり怖い。たまに子牛が道につながれている時はそおっと通る。村の気の強いおじいさんが道で牛に出合って「来い」と牛と向かい合ったが角で突かれて死んだと聞いた。かなり前に近所のホルスタインが我が家に逃げ込んだこともあった。

私は畑仕事を手伝って過ごしていた。知らない十人ほどの男たちが毎日道路で働くようになった。この人たちは近くにある家に水をもらいに行って飲んだ。この集団は上水道の職人たちだった。井戸水から町の水道水に変わる。井戸はかつては、竹竿《たけざお》の先にバケツをつけて水を汲んだ。子どもは井戸を覗いてはダメと言われていた。そのうち井戸に蓋《ふた》を付けてポンプで汲み出すようになった。洗濯機が入るころには水道の蛇口《じゃぐち》が付いたが井戸水を使っていた。

若い女性がいるのは我が家だけと知って、水道屋さんがドヤドヤと毎日水を飲みに来た。

父が元の私の中学校に移って雨森先生と同じ職場になっていた。街角で自転車に乗った雨森先生と出会った。「あっどうも」と驚いた顔は赤かった。私が上司の娘で不都合か。父が転出した後で先生は元の居丈高《いたけだか》に戻った。

村はショックに見舞われていた。村の中心部の若夫婦三組が次々と家を出て行った。若い女が農村生活を嫌い、男がそれに追随《ついずい》した。農地解放で自作農に格上げされて懸命に田畑を耕した親への報いがこれだった。若者たちは農地から解放されるほうを選んだ。小坂明子の「あなた」の甘いメロディーが流れてやたらと愛が叫ばれた。

父には落胆する事件があった。校長として二度目の勤務先の教員にかつての優秀な教え子がいた。後に共産党員になったが、校長会にサービスだから読んでくださいと、新聞の「赤旗」を持ち込んだ。そのうち、校長たちは毎月読んでいるのに新聞代を払わない、と騒ぎだした。その時講読をやめた人もいたが大半は新聞代を黙って支払った。父は身近な人には「組織に入った人間はダメだな」と落胆を隠さなかったが「赤旗」をとり続けた。少数がきっぱり断った。

伴先生は校長になって苦労したかもしれない。前の校長が正反対の性格だったから伴先生を迎えた側との軋轢《あつれき》もあっただろう。転勤社会が混乱をもたらし始めていた。

一方私の中学校の町がそのころ周辺を併合し、小中学校は基本的に東西南北の名称になり、昔の地名は姿を消した。中学卒業前に私たちは生徒手帳を作った。この最低の規則を守ればよい、という基準を作った。基準がないと何でも要求されてしまう危険を感じて自然と機運が持ち上がった。浜中さんが手帳の色は赤にしようと言って赤に決まった。私は色まで考えていなかったので感心した。ところが納入された完成品はくすんだ茶色であった。

校名まで変わってしまったのならもうあの生徒手帳もないだろう。再編はそれまでの細部をご破算にする。

私が卒業した翌年から中学校に制服が導入された。梢は不運だ。雨森先生と加藤先生に担任された。雨森先生は授業中にブツブツと父の給料の額を口走ったので梢も額を知った。

以前仲良くした女友達は休日に付き合えたが平素は皆通勤や通学で忙しかった。

「学生時代はお世話になりました」と言って友達を連れてやってきたのは栗原透だった。彼と同じクラスだったのは小学校一、二年の時だったから少し驚いた。彼は幼いころに日本脳炎を患って高熱が出た。小学二年が終わるころに平仮名で自分の名前が書けるようになった。小学四年生で特殊学級（注、当時はそう呼んでいた）の入学試験を受けたが落第、元の伴先生のクラスに戻った。学生時代にお世話をしたことはなかったが、私が家にいるのでいつもそう言って来るのだ。その後はよく友達を連れて来た。たまに二人連れて来ることもあり、三時間以上五時間以下経つと帰って行った。友達は毎回違っていた。

田畑に若い人の姿はなかった。皆どこかに勤めていた。高校の一年生の家庭科で、東北地方の農業の実態を学んでいた。老夫婦と嫁の「三ちゃん農業」は既に過去のもので、今は「一ちゃん農業」ということだった。

一人で野良仕事をする嫁は大きな籠《かご》の底にボロ布《きれ》やチリ紙をいっぱい敷いて子どもをその中に入れる。子どもが糞尿をして泣いていてもそのまま放置して仕事を続ける。そういう子を「籠《か》っ子《こ》」と呼んだという話だった。この辺でそういう子どもはいないが、農業は確実に老人のものになりつつあった。

田植えの風景も昔と様変わりだった。若いのは私一人で、皆中年以上だった。皆黙々と仕事はしても話もせずひっそりとしていた。

小学一、二年生では春・秋一週間ずつ農繁休暇があった。田圃の両側に人が立ち、苗を植える所に赤い目印をつけた長い針金を張る。皆が一斉に植える。大勢でひっきりなしにおしゃべりをして賑やかだった。未就学児は家からおやつや水を運ぶ役目だ。道中みんなが「えらいね」と声をかけた。

小さい子も水を張った水田に入りたがった。梢が田圃に入った途端に尻餅をついて真剣な顔つきで立ち上がった。皆がどっと笑った。子どもは生活の中で仕事を覚えられたから青年になるころには勇気を出して社会に踏み出せた。私たちより一世代前の、青年団がとても元気だった時代までは。

私に気づいたのか、少し離れた田圃で田植えをしていた太った赤ら顔の婦人が母に近づいてきた。私に縁談を持ち込んだようだ。私のことを「可哀想だからさあ」と言っている。冗談じゃない、この嫁早《ひでり》のご時世に。

私より少し年上の才媛が高校卒業後に今の私のように家を手伝っていた。私が小学一年生の時、六年生のお別れ演劇会に出た人だ。六年生全員で『リア王』を演じる最も重要な劇だった。次女のリーガン役でとても綺麗で素敵だった。この人に縁談が来て当然断った。いろんな方面から手を使って申し込まれた。三度も同じ人から申し込まれては、と根負けして農家に嫁に行った。つまり若い女は目立ちすぎる。いつまでもここにいてはよくない。女たちが農村を出て行ったのはこういう事情だった。

農地解放は自作農創設が日本の近代化に必要だったからだという。それだけだったのか。

精神の危機

そのころの私の精神は危機的状態にあった。自分の本当の気持ちがわからなくなっていた。過去を破棄すれば自分が見えるかもしれないと、私が風呂釜《がま》の炎に自分のノートや小さいころから描いて貯めてきた絵画を次々と放り込んでいた。母が血相を変えて飛んで来たが、「いいの、いいの」と私は燃やし続けた。

二十年近く経って大きな画用紙にクレパスで描いた二枚の絵を見つけた。母が、全部燃やされてはかなわない、と咄嗟《とっさ》に隠したのだという。小学一、二年で描いたものだ。一枚はドッジボールをしている子どもたち。もう一枚は犬猫鶏《にわとり》のいる庭だった。鶏の足の指はきちんと四本だった。当時子どもたちが五本指の鶏を描くと問題になっていた。
「私こんなに上手だったんだ」と言うと「そうだよ」と母が言った。

多分疲れすぎだったから休養が一番の薬だと今なら思うが、当時はそれは通らなかった。燃やしてから不安になった。私はおかしいのかもしれない。不安になって捜してみたらジョン・S・ミルが私と同じことをしていたのでほっとした。ミルは、あの時どうしてあいうことをしたのかわからない、全部燃やしてしまって勿体《もったい》なかったと思うと書いた。私は私と同じことをした人が一人いただけでほっとしたのだった。

上京

友人宅に居候して予備校の短期講習を受けた後で、私は秋に上京して一人暮らしを始めた。

点を決める

今、目標点を決めずに走り出すのは危険すぎる。到達点が見えないうちは動かない。暫定《ざんてい》でよい、とにかく当面の目標点を設ける。そこに到達した時点で次の行動を考えるしかないだろう。とにかく行動の基準を作ろう。今を基点にする。そこに到達した時点で次の行動を考えるしかないだろう。とにかく不器用に愚直に生きること。けれど最後まで当面の目標点が見えないこともある。

その時は諦めるしかない。もともと十五歳の始めに自分の将来を断念することもあり得ると覚悟した。今更何か言うこともない。

こうして十代の危機を脱出した。この経験を忘れないようにしよう。いつか苦しい時にこの体験が私を励ましてくれる。あの時大丈夫だったのだから今度も大丈夫と。考え事をしている時に触れていたニキビの跡を残すことにした。毎日顔を洗う時に見られる。

その後山手線に乗って外を見ていた時にふっ切れた感じがした。なぜかはわからない。一時期自分に集中するために誰とも会わなかった。親切な友人を拒否する変人だった。

旧友

私が人付き合いを断っていた時に珍しい人が訪ねて来た。中学三年の時に同じクラスだった香山君で、明るいバランスのとれた性格だ。クラスの中が煮つまると当事者に声をかけて気分をほぐそうとしてくれた場面が時々あった。こういう人には是非私たちの仲間に入ってほしいと思ったが、私たちは通り一遍の言葉を交わしただけだった。遠藤周作の小説は再会した彼から貸してもらったから読めた。けれど私は今孤独にならなければならなかった。それをわかってもらえる自信は私にはなかった。嫌な変人になったと思っただろう。その後彼とは会っていない。

それから私は、拾ってくれた大学に入学した。

諦めと覚悟と

周囲から何周遅れてもいい、最後尾になっても構わない。慣性で動くのはたやすい。抵抗がなければ永遠に転がってゆく。私は全方位への力を均衡させた静止点上のど真ん中にいる。最も厳しい状況だ。さらに、素手で戦う。組織に頼らない。

ずっと後で自分が間違ったことに気づいても、これなら社会の被害が小さい。

不器用に愚直に生きる。

大学

大学が騒然として落ちつかない場所だったのは予想通りだ。困るのが日常生活は若い人ばかり多くて深い見識が身につかないことだ。

救済が訪れた。大学紛争で一年間大学がロックアウトされていた。何げなく音楽会に行った時だが、ウェーベルンのオーケストラのための六つの小品を聞いた。電気が走った感じだった。私と同じような感覚の人が三十年前にはこの地球上に生きていた、それだけで十分だった。音楽はいい。音だけで直接人に届く。以前、向井先生から現代音楽というものがあると聞いたことがある。その現代音楽に自分が救われるとは思わなかった。ズービン・メータの指揮が素晴らしかった。

大学で学んだ近代経済学は難しい数学を操作するものだった。日経新聞の「やさしい経済学」は難しかった。私は最初からつまずいた。

サミュエルソンの経済学の第一前提条件、「互いに孤立したばらばらの個人」の意味が長い間わからなかった。もしかしてこの経済学の最終目的は、人々の関係を互いに孤立させ、ばらばらにすることかもしれないと思ったりした。

Ⅵ　高度経済成長からバブル崩壊まで

学生運動

日本中の大学は間もなく学生運動の嵐に巻き込まれた。もともとは東京大学医学部インターンの無給問題が発端だったという。この問題に集中できればよかった。今でもこの問題は未解決どころかもっとひどいことになっている。広がる低賃金と無休労働。大学によって事情はさまざまだった学生運動は七十年安保闘争と意味不明の名称で括られた後に過激派事件で終わった。過激派グループは、道で敵のグループに遭遇すると、まず互いに人数を数え、味方が敵よりも多ければすかさず追撃し、少なければさっと逃げるという。まるで子どものケンカだと思った。

フランスでは五月革命でド・ゴール大統領が退陣した。日本は十年前に岸首相が退陣していた。不思議なのは世界中で学生運動が起こっていたことだ。何か力が働いていたかのように。

一年以上の大学閉鎖の後で教授会は三年生からのゼミナールに加えて二年生にサブゼミを行うことにした。確かに一年生の教養課程はひどかった。高校で習ったことと一般の書籍の解説が多く、その著書は入学前に全部読み込んだものばかりだった。隣の席の人が「高校の教科をきちんと見てください」と抗議していた。押し寄せる大勢の学生にきめ細かな指導を行うことは当時の大学の体力ではできなかった。

社会人

卒業して就職したころは高度経済成長時代で休みもなかなかとれない。初めから所得税控除、サービス残業付の猛烈サラリーマンになっていった。私の会社の夏休みは二日間だったが去年は一日だったと聞かされた。土曜日も出勤、年末休みはなく、年始の三日間だけが休みだった。忙しいの文字通り、心をなくさなければ生きられなかった。昔の大人はずっとのんびりした生活だった。おじさんはずっと子どもと触れ合っていたのに。

女子は「結婚したら病気（妊娠）になるから」と嫌われた。男不足で、「オールドミス」と言われた女に変わって自ら結婚しない女も増えた。昔の家制度では人々が互いに見合いの話を交わしたが、愛で結びつく現代は本人次第。しかし大卒給料は入社時から男女差をつける所が多かった。主婦は「食わせてもらって三食昼寝付き」と蔑《さげす》まれた。

戦後の復員兵を企業が吸収したという。滅私奉公の兵士の世界が企業の中に出現したから脅威の経済成長が実現したのかもしれない。蔑まれ侮《あなど》られた女は外に出てお金を稼ぎたがった。子どもたちの子守りを押し付け合った。昔は他所《よそ》で何かしてもらったり頂いたりしたら帰宅して大人に報告して毎回大人がお礼を言ったものだった。昔の子どもは外や縁側など大人に許された領域で遊んだが、狭いマンションの中では子どもに遊ばれるのは負担だし三世代が同居する余地もない。ある子どもの絵は大きな母の周りを円状に小さな子どもたちが取り囲んでいた。「お父さんは?」と聞くと「あっ、お父さんもいたんだ」と言った。家庭に鶏がいないので鶏の足を五本描く子どもが増えた。

子どもの勉強が強化され、小さい時からの受験準備で親子は忙しい。子どもの教育のために夫の転勤に同行しない妻もいたし、転勤先の学校のレベルが高いと次の転勤地方には夫だけが行く家も出現した。子どもをよい学校に入れるための親の苛烈《かれつ》な競争が始まった。余計なことはしたくないしその時間もなかった。自治会などにはできるだけ遠ざかって静かにしている。

家制度の余波の三世代同居が普通だった以前は、孫の子守りをした祖母の終末を家で引き受けるのは普通だった。家族の人数が少ない現代ではできないが、高度経済成長期の途中までは入院に家族の付き添いが求められた。今は完全看護という付き添いのいらない入院だけになったが。子守りをした祖母は、現代では好きで子守りをしたことと見做《みな》される。「見做す」という用語は「そうでないものをそうであるとする、という意味」だということは大学時代に知った。

老後に世話になるから体の利くうちは子の家族に尽くすと、友人付き合いを犠牲にして子守りに集中した祖母。彼女は孫が小学校に入って手がかからなくなると邪魔にされ、友人とも疎遠になった孤独の老人。家族間でも家族以外でも人が語り合う時間は少ない。老人は自分で自分の始末をつける「終活」までしなければならない。子守りをして体力が切れてしまうのを恐れてか、孫は要りませんと言う人までいるという。

昔ほど幼児に慣れていない若い親は育児が大変だろう。頭で想像するのと実際は全く違うから。そして現代は忙しすぎる。

介護

介護はもともと期間の区切られた兵役だった。かつてドイツの兵役では軍隊か介護を選択した。介護は自宅から通うため食費と住居費が掛からないので国からの支給は八万円くらい、軍隊は二万円くらいと聞く。介護は多くの若者が職業として長く続けるものではなかった。

男性が街に戻る

女ばかりだった市民ゴルフ講座の受講者たちが外のゴルフ練習場に行った時に「男の人と話をするのはやめようね」と念を押す人がいた。女と見るだけで下手と決めつけて親切に教える男が多すぎてゆっくり練習もできなかった。

けれども公園の市民講座にちらほらと男が参加するようになった。「男が買い物するなんて」と言われたころには考えられなかったが、スーパーのレジに初の若い男子が登場した。『メス化する自然』という本を若者が読んだ。いつか公園や河川敷《かせんじき》をホームレスの青いテントが占拠したが、今はもういない。あの人たちはどこに行ったのか。世の中の変化は本当に速い。

便利な生活の結果

小学二年の教室で初めて見た水色のビニール袋。今は過剰なポリゴミが環境を脅《おびや》かしている。「一回食事するごとにプラスチックのゴミが大量に出てやあねえ」と主婦はささやき合う。孤食が増えたから仕方ないが、足りない物を貸し借りするコミュニケーションもなくなった。

商品管理に有効なバーコードの普及で売れ筋品ばかりが店頭に並ぶ。自分の好きな味が以前はもっとあった。バーコードは世界中の大量の情報がわかる。電子タグはもっと。私たち団塊は停電時には聞こえなかったラジオから出発したのに、今は一人一台以上のスマホを持つ時代。便利だけでなく危険でもある。

給料が現金でなく振り込みになった時は安心した。持ち帰るまでに落としたり盗られることがないと。でもATMが使えないとお金は引き出せない。停電だけで預金封鎖状態になってしまう。今キャッシュレスが叫ばれるが現金は必要だ。最近アメリカのある州では「現金がないと貧しい人が困るから」と現金をなくすことに対して反対決議されたというニュースはうれしい。

二〇一八年十一月六日の読売新聞に、巨大ＩＴ企業に対する政府の規制強化策の記事が初めて載った。

同窓会その後

同窓会はその後二年ごとに開かれて、私は一回おきに参加した。

小学二年の時の村の同窓会を透が一度開いたことがあった。星夏美さんの家族経営の小料理屋で開くというので出かけた。透と三上徳二、夏美と私の男女二人ずつ総勢四人で、私以外の三人は村でずっと暮らしていた。透が「誘ったのに女が来ねえ」と怒るが、男だって来ない。徳二も透にしつこく言われたから来たのだ。遠くから来る人が一人いれば透ががっかりしないだろうからと私は参加した。透が私に「村の同窓会幹事を引き受けてくれ」としつこく頼んだのをやっとのことで断った。私は来るだけでも大変なのだ。いつもいい加減なことを言っている透は「俺は信用がねえから」とやっと自覚したようだ。

店を切り盛りしている夏美の年子の姉と私への伝言を伝えに来た母泉も混じって昔の村のイベントみたいで楽しかった。同級生の店があるので透は心強い。

二〇一六年秋の始め、同窓会に初めて木田二郎が来ていた。透と同じテーブルに仲良く並んでいる。私が中学二年のリンチ事件を持ち出して「私はリンチの黒幕ではなかったよ」と言う。木田が「ああ、そういうことがあったみてえね」と木田流の肯定をした。すぐに吉川先生に物差しで叩かれた話をしたので、私はそれを見ていなかったと言った。木田はその時にクラスの橋本が「何をしてるうっ」と割って入って止めた話をした。初耳だった。今でも橋本を高く評価している。私は二郎が橋本に嫌がらせをした場面を見た。意外だった。

祖母うしについて「おばあさんがものすごくおっかなかったんだよ」と言った。その後すぐに娘の自慢を延々と始めた。二郎には褒められる経験が不足していたと思う。もっとたくさん褒められれば私との関係はあれほど険悪ではなかったかもしれない。

Ⅶ　二十一世紀になってやっとわかったこと

亜熱帯化する日本

九〇年代からここ日本列島の真ん中あたりでも温暖化でスコールの雨が降るようになった。

プラズマ兵器

大気プラズマ学第一人者の大槻義彦名誉教授は、早稲田大学で電波を交差させたポイントにプラズマが発生するメカニズムを研究し、人工的にプラズマを発生させるシステムを作り上げた。同じことは、アメリカが第二次世界大戦後から水爆の父エドワード・テラー博士を中心に研究し、プラズマを兵器として開発する「レッドライト・プロジェクト」を推し進めていた。

プラズマ兵器の利点は摂氏数万度を超えるプラズマ火球を、衛星を介して自由に移動させられる点にある。プラズマは放射能を出さないため「クリーン兵器」として使え、水爆と同程度の破壊力を持つ。プラズマは強烈な電磁波を放射するため、兵器のコンピューター基盤を破壊し、敵の軍事力を無力化できる。さらにプラズマの透過能力で、地中にある敵の核シェルターの壁を通り抜けて、内部を焼き尽くすことができる。

アメリカではプラズマ兵器が完成間近である。世界統一政府に欠かせない最終兵器による恫喝《どうかつ》と、最強の軍事力を維持するため、その時がくるまでアメリカはプラズマ兵器の存在を隠し続けている（徳間書店『完全ファイル　UFO&プラズマ兵器』二〇〇七年）。

最近の大災害にこの兵器が使われている可能性がある。熊本地震では同じ地区を同じ経路で何度も地震が繰り返した。不自然だった。東日本大震災の前には地震の起きた地点の上空に黄緑のプラズマふうの光が登場したのを一度だけテレビで見た。この時に逃げれば全員助かったのではないかと思った。アメリカだけがこの兵器を使用しているとは限らない。

トランプ大統領は宇宙軍を創設すると言った。安倍首相も「今は宇宙軍、電磁波の時代です」（二〇一九年九月十八日、NHKニュース）と言った。すごい時代に突入している。

二〇一五年夏　ロシア旅行

ロシア人の案内人が「最悪のテロリスト・レーニン」と力を込めて言った。こういうことが普通に言えるようになったのだ。ロシア正教とギリシャ正教は同じとも聞いた。私はなんと知らなかったことだろう。正教は性善説で性悪説はパウロ以後だそうだ。ロシア人をなんとなく温かく感じるのは日本人の性善説と共通するからかもしれない。「ロマノフ」とは「新しいローマ」という意味で、ローマ帝国の正統な後継者を自負する。その前のローマはコンスタンティヌス大帝がローマを追い出されて今のイスタンブールに移ってからトルコに追い出されるまで、一二〇〇年間ビザンチン帝国として続いた。

レーニンが四十人の仲間とともにスイスから封印列車でロシアに入りケレンスキーと交代した。ケレンスキーはその後アメリカの大学で教鞭《きょうべん》をとり生涯豊かな人生を送った。トロツキーはアメリカ政府の発行したパスポートで大金を持たされてロシア入りしている。トロツキーは『文学と革命』の中で戦争の後の世代が一番悪いといった。ボリシェビキに変わってからはメンシェビキより更に苛烈を極めた。ロマノフ家の莫大な財産は没収された。最後まで抵抗したウクライナの自作農クラークは八百万人が粛清《しゅくせい》されたという。農民は集団農場コルホーズに集約された。

私たちの教科書に載っていた太った農民のような体格の人はこの旅行中見かけなかった。皆スリムだった。今はアメリカ人がソ連時代の農民のように太っている。ソ連時代の本当のGDPは公式発表の一割程度だったという。ソ連の人の生命を支えるためにアメリカがずっと援助を続けていたことをアメリカ人も私も知らなかった。アメリカの若者たちはひどい目に遭っている。

一九八〇年代のアメリカの不景気で援助が途絶えてついにソ連は崩壊した。この時ソ連崩壊前にすべてのユダヤ人を脱出させるようにゴルバチョフは確約させられた。

今イスラエルにはロシア人が多い。「鉄のカーテン」に阻《はば》まれて団塊は東を全く知らなかった。東側の学者で経済学会に出てくるのはハンガリーだけだったそうで、彼らを通じて推測するしかなかった。ユダヤ人とはバビロン捕囚《ほしゅう》の人だけでなくユダヤ教を信じる人という意味もよくわからなかった。高校世界史には数百年も繁栄したハザール王国の名前さえ出てこなかった。ハザール王国はカトリック勢力とイスラム勢力に改宗を迫られてユダヤ教を選択した。なぜ隠したのか。ユダヤとはベニスの商人に代表される金融勢力を指すことが多いが一致するものでもないらしい。マレーシアのマハティール首相は映画「シンドラーのリスト」を一民族に肩入れしすぎだからという理由で上映禁止にした。考えさせられた。

現代のテロは無差別に人々を殺戮《さつりく》する。ドローンで人違いの殺人も起こるという。アルベール・カミュの『正義の人々』のモデルになったテロリスト集団は、アレクサンドル二世の暗殺に成功していた。爆弾を持って通りで長官の馬車を待ち構える。見ると馬車に長官の息子なのか子どもが乗っていた。「子どもに罪はない」とテロを中止するが、後に一網打尽《いちもうだじん》に捕まって死刑になる。今のテロリストと違ってなんと優しかったのだろう。

アメリカ

ハンナ・アーレントが「アメリカはヨーロッパの実験である。アメリカが成功するかどうかはまだわからない」と言った。それから半世紀ほど経った今、ユースタス・マリンズは「アメリカはもうもたない、近々崩壊するだろう」という。

アメリカは清教徒がアメリカに渡って以来追いかけてきた敵との闘争の歴史だった。ボストン・ティー・パーティ事件はアメリカが自国の通貨を発行しないとやっていけなくなったのに本国イギリスが反対したから起こった。リンカーンもケネディも自前の通貨を発行しようとして暗殺された。南北戦争はアメリカを分断するために起こされたもので、リンカーンは奴隷制が悪いとは思っていなかった。最悪の大統領ウッドロー・ウィルソンは連邦準備制度、所得税そして第一次世界大戦をアメリカにもたらした。フランクリン・ルーズベルトは第二次世界大戦をアメリカにもたらすために大統領になった。アメリカは太平洋戦争の前に日本軍の暗号の解読を済ませていた。日本海軍がハワイを爆撃しないとアメリカ人が戦争に踏み切らないから、ハワイのアメリカ軍を見殺しにした。日本海軍は「敵に気づかれたら引き返せ」との厳命を受けていた。ルーズベルトたちは日本海軍が引き返すかもしれないとひやひやしていた。

二〇一二年秋に楽園ハワイ旅行をした際にアメリカの軍事拠点としての別の顔を見た。ユースタス・マリンズの師、詩人エズラ・パウンドはアメリカ人に太平洋戦争をしないように呼びかけようとした。アメリカでは不可能なのでイタリアに渡ってアメリカ人に呼びかけた。身が危うくなったので自らアメリカの精神科病院に入った。三人の弟子がノーベル文学賞を受賞した。マリンズはパウンドに面会した時に公文書を調べてほしいと依頼された。その後に自らも調査した結果を著書に著してくれたお陰で私も多くの疑問を解決できた。

国際連合はロックフェラーが賭博《とばく》場だった土地を寄付してできた。ロックフェラーはロスチャイルドの代理人だった。私が小学一年生の時に父が買ってくれた『ベッドタイム・ストーリーズ』というとてもつまらない本の中に「やればできる」というタイトルの話があった。二人の若者がコツコツと油田を掘って成功する話でその一人がロックフェラーだった。実はロックフェラーは七つの石油会社を買収して成功したのだそうだ。それがセブン・シスターズの名前の由来だった。自分は油田を掘っていない。嘘はよくない。

GDPの計算

アレントによれば国民総生産とは家計の総和だというが、よくわからなかった。宇沢弘文全集では、アメリカのGDPの統計上の不突合《ふとつごう》は、規模の大きな国のGDPを上回ることが大変な問題であることを挙げていた。貨幣数量説のフリードマンを悪質だと攻撃していた。「統計上の不突合」とは国民勘定における借方と貸方の差額である。この点についてジェーン・グリーソン・ホワイトは「複式簿記はもともとベネチアの商売人のために考え出されたものであり、それを国民所得計算に利用した点に無理がある。本来、借方と貸方の合計は一致するはずのものであるという前提だが、GDP計算ではどうしても不一致になる」と言う。ホワイトによれば、戦時に限ってという条件のもとに経済学者クズネッツはＧＤＰの計算方法提出を引き受けた。

二〇〇七年九月、ベニスのサン・マルコ広場

対岸の島の教会を眺めていた。その島でルカ・パチョーリが現代使われているバランスシートを完成したことをまだ知らなかった。十三世紀のベネチア式複式簿記を、パチョーリが一四九四年に体系化した。「カスティリア国語辞典」誕生後の近いころだった。

商売の記録が一番の目的としても、複式簿記を考案した天才ルカ・パチョーリを、同時代の文人エラスムスは『痴愚神礼讃』の中で嘲っている。数字を使って聴衆を騙す学者・パチョーリについて「無教養な大衆をばかにする時の彼らのやり口とは、まず三角形、四角形、円などいろいろな図形の類を次から次へと持ち出して混乱させてから、御託《ごたく》を並べ、すぐに順番を入れ替えて繰り返す。そして、右も左もわからない人々を暗闇に放り込むのである」と、彼がユークリッドについて語った講演を風刺した。

スペイン　二〇一〇年

スペインが大西洋回りで新大陸に向かったので、ポルトガルはアフリカ回りでインドに向かっ

た。今から約五百年前の事件。喜望峰のケープタウンで水と食料を補給するために入植させられたオランダ人の様子をアレントが描いている。その後の事情はネルソン・マンデラの初代大統領就任演説の草稿を書いたナディン・ゴーディマの小説に詳しい。

楕円《だえん》形の地球を反対から回った両国は日本とフィリピンあたりで地球を分け合って、私の教科書には登場しなかったトルデシリャス条約を結んだ。

国語の誕生

コロンブスが新大陸に出発した年に「カスティリア国語辞典」をカトリックの神父がイザベラ女王に献上した事件のほうが、コロンブスの出帆《しゅっぱん》よりはるかに重要な事件だった。国民国家の国語が初めて誕生した。国語を教えるために学校も必要になる。約五百年前の事件は異常な人類史の始まりのころに当たる。

フランス　二〇一一年

フランスがメートル法になったのは一九九七年と初めて知った。日本はその四十年前に尺貫法から変わった。その時私は、フランスはメートル法の本家だからとっくに採用していると信じていた。フランス人はナポレオンが大好きだ。フランス革命以後はとりわけ異常な人類史らしい。

スウェーデン　二〇〇六年六月

ノーベル賞授賞式会場を見学していた。そこでノーベル賞を創《つく》ったアルフレッド・ノーベルがとても嫌われていることを知って驚いた。会場の隅の柱に目立たないように小さな像がひとつあっただけ。ノーベル賞を創るころ、初めて発見されたカスピ海沿岸の石油の利権をめぐってアルフレッドの兄がロックフェラーと激しいつばぜり合いを繰り広げていたことを後で知った。

私の小学四年の国語の教科書に「ノーベル物語」があった。何度も爆発で失敗して村人にばかにされながらアルフレッドと父、兄の三人は村外れで研究実験を続けた。ついにダイナマイトを作ったので岩盤を切り開くのが簡単になった。三人は最後は村人に喜ばれた、という話だった。ノルウェーにノーベル平和賞を引き受けてもらってやっとノーベル賞は誕生したそうだ。ノーベル経済学賞はスウェーデン中央銀行が出している別のもの。

旅行中に高校生の卒業祝いのトラックのパレードに出くわした。祝いの樹木の枝を付けて道行く人々に大声で呼びかける。通行人も楽しそうに応える。今日からアルコール解禁だから赤い顔の酔っぱらった若者もいる。以前一人の若者が転落死してトラック廃止論が起きたが、母親たちの猛反対で継続されることになった。すがすがしくて羨ましい話だった。

昔は日本もさまざまなイニシエーションに溢れていて、それを通り過ぎながら大きくなった。それにスウェーデンでは母や十代の意見も表明できるし聞いてもらえる。スウェーデンでは持ち主の家の近くに行かなければ森や林に入っていいという法律があるという。実をとってもよい。こうして子どもたちが木々のある生活に親しめるようになっている。日本はこうはいかない。けれど若い人たちには変化が見える。

二〇一六年同窓会

その日同窓会が始まる前に私は付近の町並みを歩いてみた。変わり果てた町があった。

故郷の今

二十年以上前の第一回同窓会の日、この町は大型スーパーがいくつもある他にさまざまな店で埋めつくされて活気に溢れていた。多くの同窓生は皆小綺麗な服を着て談笑していた。皆豊かに平等になった。地方は広い家と車で都市の住民よりずっと豊かな生活に見えた。大型スーパーやチェーン店が数十年の契約が終われば撤退することなど考えもしなかった。空店舗は大きすぎて出店が埋まらずに徐々に人の往来も減って普通の店まで減少した。駅前は駐車場以外に目立った店はなく、イスラム教の礼拝所らしいアラビア文字が目についた。

　昔のようにここの住民がさまざまな店を出して賑わう町並みを取り戻す感じもない。レストランや喫茶店が減り、人々は日常の買物はコンビニで済ます。それ以外は大きなアウトレットに車で行くか、通販サイトで注文するらしい。

　子どもや老人にとっては昔のチンドン屋が出る町のほうが楽しいだろう。暮れにはあちこちに歌舞伎のシーンの飾り物があった。今の町は住宅ばかりで静かだ。


　私の住む街は、二十一世紀に入ったころになって、私の幼いころ――つまり敗戦後の街の雰囲気によく似てきた。高度経済成長期の華々しさと喧騒は中国やアジアの国々に移ったのだろう。良いこともある。クリスマスの時期にひっきりなしに鳴り響いていたジングルベルの音がぱたりとやんだ。あのころは、世の中全体に騒音が溢れていてゆっくり考えることもできなかった。今は静かに瞑想ができる。

エピローグ

長い時間を生きて私も少しはわかってきた

人生はマルクス主義ではない。十代で提示された課題を追い続けて行くものだ　タゴール

この言葉を見た時は本当かと疑った。古稀《こき》を過ぎた今は正しいと思う。認知症の方々が直前の出来事を忘れても昔の記憶がいいのは今も課題を追っているからなのかもしれない。十代後半から感じた違和感の原因を突き止める手段は自分自身の生活感覚を通すしかなかった。三十代にはわかるだろうと軽く考えていたが間違いだった。生きているうちに手がかりくらいは見つけようと目標を変更した。十六歳から自ら決める人生を始める前に、十五歳が終わる前に為すべきことを為せるチャンスをつかんだために、やや蛇行《だこう》した生活を送った。時々苦役が回ってきた。

ＧＤＰと統計の問題を追究したジェーン・グリーン・ホワイト。早く読んでおけばいらいらし

なかった。家事労働が無給という評価を怒っている女性が多かった。経済学と統計は多くの問題を抱えている。歴史とメディアも。

ジョン・スチュアート・ミルの『経済学原理』とカール・マルクスの『資本論』が世に出たのが一八四八年と一致すること。ロンドン大学での精神衛生学の誕生。適者生存説と資本主義。アメリカの国務省が日本の外務省に相当し、FRBが日本銀行と同じではないこと、教育委員会の起源はピーボディ財団（一八六五年以後、権力をかさに南部諸州に乗り込んだカーペットバッガーの主たる勢力）。ピーボディは、ロンドンのロスチャイルド銀行と密かにつながりをもつようになったアメリカ人で、自らもピーボディ・アンド・カンパニーという銀行（のちJPモルガン社となった）を設立した人物。

カーペットバッガー（ひと儲《もう》けをたくらんで北部から南部へ移住した白人。一旗組とも訳される）たるそのピーボディ財団は、一八七七年まで南部諸州を占拠し続けた北軍の軍事勢力と密接に連携しつつ、やがて、一般教育委員会となり、さらにのちにはロックフェラー財団に吸収された。そのロックフェラー財団は第二次世界大戦以後、少なくとも三名の歴代国務長官ダレス、ラスク、バンスが理事長を、キッシンジャーがその理事を務めている。

教育委員会とは私たち日本人が思い描く親切なものではないようだ。人は名称に騙される。デューイ流の教育を強制するためにＧＨＱとともに戦後早々来日したアメリカのストッダード教育使節団。その答申に従って日教組と教育委員会が創設された。教育も分割統治されたのか。

源泉所得税は戦費をまかなうために導入されたものなのに、戦争が終わっても続けている不思議。アメリカの大学の経済学の主流は、戦前は制度学派、戦後バブル期まではケインズ学派、その後はフリードマンの貨幣数量説一色と変遷《へんせん》した。経済学者たちがどういう系統の人かはマリンズの追及でやっと少しわかってきた。

困ることを解決する知識を得るために高等な学校に進学したのに、教え方は小中学校とあまり変わらなかった。多くの人が高等教育という名の欺瞞《ぎまん》に気づき始めた現在、教育無償化の声がかまびすしい。血税を使うのだから学生に本当に役立つ学問を教えてもらいたい。

一九九五年の阪神・淡路大震災、地下鉄サリン事件。九・一一。三・一一。新しいウィルス。たび重なる地震と台風・風水害など。本当に怖い。

二〇一八年、フランスを先頭に巨大ＩＴ企業に税金をかける動きが広がっている。人々は庶民の敵が何かやっと気づき始めている。

選挙　参議院議員選出方法について考える

日本で選挙権が十八歳に引き下げられたが、若者が政治に無関心だとメディアが騒ぐ。当たり前だと思う。普通の人が国会議員になれる仕組みにほど遠い日本。若者の関心を高めるのは簡単だ。若くて政治に関心と意欲がある人は多い。だが議員になりたくてもなれないのだ。

なりたいと手を挙げた膨大な人数からくじ引きで選べばよい。前もってある筋に選ばれない人が活躍できる。不適格者を排除する方法は裁判員制度が参考にできる。ギリシャの民主政の始めのくじ引きに戻るだけだ。上から目線だけでない下からの目線に配慮した政治ができるだろう。被選挙権は投票権に合わせるのが当然だ。十八歳から被選挙権がある国があるというではないか。参議院の参は参加を意味するものではないのか。衆議院がプロで参議院がアマチュアとしてバランスをとれば一般人が関心を持つ。すべての世代と両性のバランスをとった勢力配置にすればよい。参議院議員卒業生の中からプロの議院議員に適した人を政党は発掘もできる。

今は若者の半数以上が大学に行く。見識のある人材で溢れている。裁判員制度はいまは十年を超えた。忙しい職業の方々が時間を工面して裁判員を引き受けて真剣に議論している。若いころにはこの制度が実現するのかと疑っていた私も自分が経験して大丈夫と思った。自分自身が関われなくては関心の持ちようがない。人は自から学んだことからしか身につかないものだ。

GDP

……会計士が行うような利益計算から解放されれば私たちの文明は変化し始める。

ジョン・メイナード・ケインズ（一九三三年）

ケインズは統計を懐疑的に見ており、国民経済を数字で測るのは時代の要請による緊急措置であくまで例外と考えていた。

統計はサンプル数が多いほど有効になる。数の多い団塊の世代は、生涯にわたって統計を適用される運命にあった。そんなことも知らずに私は中学二年生だった時に、国連の『世界統計年鑑』を六千円も出して取り寄せた。膨大な数字の羅列に圧倒されただけで、何もわからなかった。

ホワイトによれば、アメリカ統計局のＧＤＰ発表はまるで宗教儀式のようらしい。職員は数週間も社会と遮断された状態で計算に没頭し、その数字は発表まで厳重に、うやうやしく秘密にされる。

クズネッツは一九三四年に最初の国民所得を議会に提出した人だが、その測定の正確性や有用性を疑問視していた。彼は国民勘定に無報酬の家事労働を含めるべきだと考えた。貨幣価値を見積もるのは非常に困難だが、国民経済に対する寄与度が大きいのでこれを考慮しないわけにはいかないと主張した。商務省がこの提案を却下したため、一九四〇年代の終わりごろ、サイモン・クズネッツは商務省との関係を断《た》った。クズネッツは、経済成長そのものが目的になれば、人々の生活に好ましくない影響が生じるのではないかという点も心配していた。

もともと国民勘定は英米で一九三〇年代から大恐慌を乗り切り、第二次世界大戦の戦費を調達するために作られたものだから、その後も使われ続けること自体おかしい。ＧＤＰは経済の主なフローを反映するが、生産する元となる、社会・人間・天然資源を含む資本は測定されない。バランスシート自体が商売取引のためと王の徴税のために考案されたものだった。

GDPの計算はすみやかに正常な正しいものにしなければならない。家事育児を無料に計算し続けるなら少子化は止まらないし、虐待も減らない。環境価値をカウントしないからプラスチックゴミによる環境汚染と温暖化が危険水域まで来てしまった。「人間の経済」のポランニーやイリイッチの警告を真剣に受け止める時である。

知って行わざるは知らざると同じなり　　王　陽明

学校教育

五歳からの保育園と幼稚園が無償化になるという。喜ばしいことである。

一方で、ワシントンでは千家庭くらいが家で小学生年齢の子どもを教育している。他にもそういう複数の国がある。教える親の資格が小学校を卒業していることと聞く。日本も多様な教育を真剣に考える時だ。大事な子どもをいじめで死なせるよりはずっとましだ。戦前は子どもの教育はもっと自由だった。敗戦国の教育に干渉するのは国際法違反であった。

黒柳徹子さんの私立幼稚園「トモエ学園」の入園試験の話には仰天した。徹子さんは四時間も自分の話したいことをしゃべり続けた。話すことがなくなった時に、ずっと聞いていた試験官の校長先生が、徹子さんの頭に手をおいて「合格だよ」と言った。羨ましい限りである。こんなに鷹揚《おうよう》な所は今どこにもない。「早く」「早く」と追い立てるばかりだ。親も子も疲れきってしまう。

一般に戦争に負けると受験戦争が激しくなるという。全国の都市への無差別爆撃と二度の原子爆弾投下を受けた日本が、激しい受験狂騒社会になったのは当然だったかもしれない。それは今も続いている。

サンフランシスコで生まれて花巻市で育った山折哲雄氏は、自身の著書『悪と日本人』の中で次のように述べている。

「戦後、あるアメリカの心理学者がこんな実験をしたことがありました。十代の子供たち五十人ぐらいを一ヵ所に集めて、隔離して生活させた。食事と排便だけを許して外部との接触を断って集団的な生活をさせると、やがて、二手に分かれて争いはじめる、喧嘩をはじめる。最後に殺し合いをはじめるところまでいく。その直前で、その実験をやめたという。人間というのは、放っておけばいくらでも野生化していく、そういうことを証明しようとした実験です。」

これを読んだ私は背すじが凍りついた。この実験は私たち団塊世代の十代にあまりによく似ていたから。

私たち団塊世代の学校時代の一学級は、大学の教養課程、つまり十代の終わりまで大体五十人台だった。分裂を重ねた過激派は最後は仲間内で殺し合った。

山折氏はさらに続ける。

「日本の学者はそういう実験をしませんね。そういうきつい人間認識というのをどこかに棚上げしてきた。

ほっとけば野生化する人間をなんとかそうでない人間にする、そのために人類はさまざまな文化的装置を発明してきたと思いますね。その最大のものが宗教だと思います。そして軍隊、スポーツ、学校、みんなそうだったと思う。」

文化的装置として軍隊を位置づけている。私はやっとトフラーの言うことが少しわかったような気がした。かつて心理学の本で「未開の人間は侮辱されると相手を殺す」と読んで驚いたことがある。だから子どものころには大人たちが「人をばかにしてはいけない」といつも子どもに言い聞かせたのだと納得したものだ。

国際法では自衛のための戦争は認められているから戦争放棄はないらしい。人間性をみている。山折氏が「オウム真理教という教団で起こったことは、日本の今の学校で起こっている現象と地下主脈でつながっているわけです。学校崩壊や学級崩壊という形で子供たちの野生化の現象がはじまっているのかもしれない。その根っこは同じだと」と述べたので、私は嫌な気分になった。

アメリカの原爆投下は人体実験だったという。被爆した広島市民は治療してくれると期待して米軍診療所に行ったのに、傷の状態を詳しく調べられただけで診療所が何もしてくれなかったので怒っていたという。実験は自分自身以外に対してやってはいけない（ハンナ・アレント）。オッペンハイマーが「私は太陽の中で起こっていることを地球上で実現したかった」と思ったときに、悪魔のような大きな悪に利用された。科学者は自重しなければいけないことがある。

戦後生まれの私たちは、人間の野生化実験に利用されたのではないか。その実験は今でも続いている。第二次世界大戦で完敗した日本は何も言えなかったのか。教育制度への干渉は国際法違反だというのに。あの時代に国際法は無力だったらしい。

山折氏が私たちに平和の研究の必要性を説き、日本の貴重な体験として、平和な平安時代の三百五十年と江戸時代の二百五十年に言及するとき、私たちが戦争の歴史ばかりを勉強して、平和の歴史は不勉強だったと気づくのだった。

ヨーロッパの中世における神の休戦は、中世の終わりには年間の三分の二にも達したという。そしてローマの平和が休戦協定を意味することを思い出すとき、私たちの平和を実現するための努力は、過去の平和を実現した時代の人類の偉業が後押ししてくれるのである。

御礼の言葉

文芸社の佐々木亜紀子さんと田口小百合さん、そして私の夫と家族の支援がなければ、この本はできませんでした。心より感謝しています。

著者プロフィール
幾園 美千也（いくぞの みちや）
1947年生まれ。埼玉県在住。
大学を卒業後、銀行に勤務。

あなたと私の十代 団塊ギャング

2020年５月15日 初版第１刷発行

著 者 幾園 美千也
発行者 瓜谷 綱延
発行所 株式会社文芸社
〒160-0022 東京都新宿区新宿1－10－1
電話 03-5369-3060（代表）
03-5369-2299（販売）

印刷所 神谷印刷株式会社

ISBN978-4-286-20698-1